# Trente jours pour trouver un mari

## DU MÊME AUTEUR

Chez Mialet-Barrault Éditeurs

*Plaidoyer pour les Arabes*, essai, 2021

Aux Éditions Julliard

*Les Dents du topographe*, roman, 1996
*De quel amour blessé*, roman, 1998
*Méfiez-vous des parachutistes*, roman, 1999
*Le Maboul*, nouvelles, 2000
*La Fin tragique de Philomène Tralala*, roman, 2003
*Tu n'as rien compris à Hassan II*, nouvelles, 2004
*La Femme la plus riche du Yorkshire*, roman, 2008
*Le Jour où Malika ne s'est pas mariée*, nouvelles, 2009
*Une année chez les Français*, roman, 2010
*La Vieille Dame du riad*, roman, 2011
*L'Étrange Affaire du pantalon de Dassoukine*, nouvelles, 2012
*Les Tribulations du dernier Sijilmassi*, roman, 2014
*Les Noces fabuleuses du Polonais*, nouvelles, 2015
*Ce vain combat que tu livres au monde*, roman, 2016
*L'Insoumise de la Porte de Flandre*, roman 2017
*Chroniques de l'autre rive*, 2019

Chez d'autres éditeurs

*La Meilleure Façon d'attraper les choses*, livre pour enfants, Yomad, 2001
*Verbannen woorden*, poésie, Vassallucci, Amsterdam, 2002
*Chronique des temps déraisonnables*, Emina Soleil, 2003
*Hollandse woorden*, poésie, Vassallucci, Amsterdam, 2004
*De l'islamisme – Une réfutation personnelle du totalitarisme religieux*, Robert Laffont, 2006
*L'Eucalyptus de Noël*, livre pour enfants, Yomad, 2007

*(suite en fin d'ouvrage)*

Fouad Laroui

# Trente jours pour trouver un mari

*Roman*

Mialet-Barrault Éditeurs
3, place de l'Odéon
75006 Paris

www.mialetbarrault.fr


ISBN : 978-2-0802-3226-7

# Avant-propos

Les conversations relatées ici ont vraiment eu lieu. Les anecdotes, pour ébouriffantes ou invraisemblables qu'elles paraissent, sont authentiques, mais elles furent narrées dans une langue qui n'est pas le français, du moins pas celui de Montaigne, Voltaire, Hugo et Yourcenar : elles le furent dans un sabir savoureux qu'on nomme *darija*, qui mêle plusieurs langages et idiomes et qui ignore l'imparfait du subjonctif. Le défi fut de transcrire dans la langue de MVHY ce qui fut énoncé en *darija*. Mission impossible, diront certains ; et puis, fallait-il introduire dans la transcription le subjonctif français et le calembour, cette « fiente de l'esprit qui vole » ? Ça se discute [1].

1. Cf. Laroui, *Le Drame linguistique marocain*, 2011.

# 1

# Trente jours pour trouver un mari

« Jamais, nous dit Najib l'apothicaire, jamais je n'ai rencontré femme plus déterminée que Khaoula – enfin, à vrai dire, je ne l'ai pas vraiment rencontrée mais…

— Drôle de prénom », l'interrompit Hamid.

Nous étions au Café de l'Univers, par un dimanche de printemps, alanguis, oisifs. Par désœuvrement, nous étions convenus de raconter chacun, à tour de rôle, une histoire remarquable puis d'en tirer une morale, une leçon – ou même plusieurs. Cette remarquable entreprise allait durer plusieurs jours, par intermittence, et c'est ce que je relate ici.

Najib hésita.

Fallait-il s'engager dans la voie que lui indiquait Hamid l'échotier, entamer une réflexion sur la nature des prénoms, se faire onomasticien, convoquer les racines trilitères, expliquer « Khaoula » par d'antiques éructations d'aèdes oubliés ?

Il faisait trop chaud.

Et puis, elle aurait pu s'appeler Fatima, comme tout le monde. Ça aurait changé quoi ?

Najib haussa les épaules et continua.

« Mon histoire se passe dans les années 1980. Khaoula était bibliothécaire à l'université de Rabat. Vous la décrirai-je ? (Ouais, vas-y.) Ce n'est pas elle, non, pas elle, que le poète eût pu comparer aux beaux jours de l'été – non qu'elle fût laide, au contraire ; elle ne l'était pas ; elle était très jolie, à vrai dire ; mais elle s'était fait une tête de gorgone, rébarbatchihhh !... »

Il venait d'éternuer.

« ... rébarbative, bardée d'épines ; toujours d'humeur à trucider quelqu'un – enfin, c'est l'impression qu'elle donnait, si l'on osait affronter son regard couleur d'orage. Quand on avait besoin d'un livre ou d'un manuscrit, on hésitait, on osait à peine le lui demander.

(— Et on s'étonne que les gens ne lisent plus.)

— Notre histoire commence ce jour fatal où son supérieur hiérarchique, M. Drissi, l'informa qu'il y avait moyen d'aller passer un mois à Paris (Paris !) pour faire un stage à la bibliothèque de l'École des mines – nourrie, logée, blanchie aux frais du service de coopération français. Je n'ai pas assisté à la scène mais je suppose qu'une lueur s'alluma dans ses yeux... »

Jamal l'interrompit.

« "Une lueur s'alluma dans ses yeux", c'est juste une image, ça n'existe pas.

— Et si j'ai envie d'utiliser une image ? D'ailleurs, ce que tu dis n'est même pas vrai, on voit vraiment des lueurs s'allumer dans les yeux des enfants quand ils sont contents.

— On se calme. Continue, Najib.

— Une nitescence flamba donc dans le regard de la jeune femme. Elle hocha la tête et remercia son supérieur. Z-avez un passeport valide ? s'inquiéta ce dernier. J'ai, répondit-elle. Un visa ? J'ai. Eh bien, conclut-il, l'affaire est réglée, allez chez le comptable vous faire remettre l'allocation accordée par nos amis français et vogue la galère !

Il montrait un peu trop d'enthousiasme, M. le directeur. Il était peut-être bien content de ne plus voir la mine revêche de sa subordonnée, qu'il aurait volontiers subordonnée à d'autres – ou même donnée au premier venu.

Une semaine plus tard, voilà la belle Khaoula boulevard Saint-Michel, au numéro 60, raide comme un piquet mais accueillie cordialement par Élisabeth la bibliothécaire. Et celle-ci d'entreprendre d'initier la Marocaine aux techniques modernes du bon traitement des livres :

“Chère collègue, nous avons ici aussi bien les moyens traditionnels de documentation (livres, périodiques, brochures, etc.) que les moyens modernes (bases de données électroniques, etc.) mais à vrai dire l'expérience montre que les chercheurs utilisent d'abord ce qu'ils ont dans leur propre bibliothèque – leurs archives personnelles –, seulement ensuite la bibliothèque de l'école. Nous sommes en quelque sorte une ressource d'appoint, la cinquième roue du carrosse."

Elle sourit. Khaoula réprima un bâillement.

"L'art du bibliothécaire, surtout dans une petite structure comme la nôtre, c'est de développer une relation personnelle avec les utilisateurs : mieux on les connaît, plus on peut s'impliquer dans leur recherche. Nous avons ici la chance de ne pas avoir beaucoup d'étudiants ni de chercheurs."

Elle sourit de nouveau. Khaoula laissa errer son regard au-delà du fleuve de mots et sous les arbres du jardin du Luxembourg, qu'on pouvait admirer à travers la vitre.

Élisabeth continuait, ravie de partager ses conceptions du noble métier qu'elle exerçait depuis Giscard.

"Mais attention ! (Khaoula accueillit d'un œil morne l'avertissement.) Il ne s'agit pas non plus de dupliquer le savoir de l'usager ! On ne peut être à la fois bibliothécaire et architecte, bibliothécaire et historien d'art, etc. Il faut connaître ses limites. Il y a un équilibre à trouver…"

La présentation continua pendant une bonne demi-heure. Élisabeth évoqua la classification de Dewey, puis la classification décimale universelle, puis…

Sa victime pensa périr d'ennui.

Khaoula, qu'on avait logée dans une chambre de la Maison des Mines, rue Saint-Jacques, revint le lendemain en traînant les pieds voir l'accorte Élisabeth, qui reprit son exposé. Tout de même, elle finit par s'apercevoir que sa collègue ne l'écoutait que d'une oreille distraite, les yeux errant sur la cime des arbres, là-bas, au loin. Un peu vexée, elle proposa de prendre un café à la petite buvette qui se trouvait en face de la bibliothèque. Puis elle y alla franchement :

"Ko-a-la, lui dit-elle, Ko-a-la, je n'ai pas l'impression que ce que je te raconte t'intéresse follement."

Khaoula, qui n'aimait pas qu'on écorchât son prénom, lui jeta un regard noir. Puis :

"Ali-za-bête, tu as raison. J'ai toujours détesté ce métier que je n'exerce que parce qu'il faut bien gagner sa vie et que je ne suis pas fille d'ayatollah. Pardonne-moi, je ne veux désobliger personne mais je n'ai pas l'intention de devenir la pâle reine des revues. Je hais les livres.

— Mais alors, que fais-tu ici ? Pourquoi es-tu venue à Paris ?"

Khaoula sirota trois centilitres de son jus de pomme ; puis :

"Tu veux savoir la vérité ? Je suis ici pour trouver un mari. Et j'ai trente jours pour le faire."

Élisabeth, estomaquée, resta silencieuse pendant un bon moment ; puis elle se reprit :

"Il est épuisé, le stock d'hommes, au Maroc ? Ils ont disparu ? Comme les dinosaures ?

— Des hommes, il y en a encore des tonnes, chez nous. Ça court les rues : des laids, des beaux, des durs, des mous, des gros touffus, des p'tits joufflus, des ridés, des pelés… Mais moi, je veux me dégotter un Américain…

— À Paris ?

— … l'épouser et aller vivre avec lui à Dallas.

— Il faut vraiment que ce soit Dallas ?

— Non, pas forcément, New York ou Los Angeles feront aussi l'affaire ; ou même l'autre hameau, là-haut dans la montagne, où il y a un cow-boy qui murmure à l'oreille d'un cheval. Qu'importe la ville ou le lieu-dit – il faut qu'il soit américain.

— Pourquoi ? rétorqua Élisabeth, piquée. Il y a des Français très bien. Et même des Belges. Mon père était belge.

— Je veux un type riche et naïf, qui m'achète plein de choses avec ses multiples cartes de crédit, dans de belles boutiques bien éclairées, et qui me laisse faire ce que je veux.

— C'est ça, ta définition de l'Américain ?

— Ils sont comme ça. T'as qu'à voir les films."

Élisabeth ne savait que dire. Deux vers d'Apollinaire lui revinrent en mémoire : *Mon bateau partira demain pour l'Amérique / Et je ne reviendrai jamais…* Sacrebleu, jarnidieu – Élisabeth était de vieille noblesse –, cette stagiaire recélait bien des surprises. Fallait-il faire son éducation sentimentale ? C'était probablement inutile : l'expérience montre que le préjugé est dur comme le roc et le rêve plus sûr que la réalité. Elle se contenta de demander :

"Et comment tu vas le rencontrer, ton ricain ?

— Tu en connais quelques-uns ?

— En vrai, dans la vie, non. Et un riche et naïf, encore moins.

— Dommage… Dis-moi où je pourrais en dénicher un ?"

Élisabeth soupira.

“Tu pourrais essayer le Harry’s Bar ou les environs de l’ambassade des États-Unis, du côté de la rue Saint-Honoré. Tu pourrais aussi essayer de descendre et remonter le boulevard Saint-Michel, une pancarte à la main : *Desperately looking for an American.*

— Ça veut dire quoi ?

— Laisse tomber. Promène-toi dans Paris après les heures de travail, tu finiras bien par tomber sur Humphrey Bogart.

— C’est un Américain ? Tu le connais ?

— Laisse tomber.” »

Najib s’arrêta de narrer, jeta un coup d’œil circulaire sur son auditoire, commanda d’un index nonchalant qu’on remplît de nouveau son verre et reprit son récit.

« J’espère que vous vous rendez bien compte que l’histoire que je raconte est authentique ? Elle m’a été confiée par Élisabeth elle-même : je l’ai rencontrée l’an dernier à Marrakech, au Saadi, un peu par hasard, autour de la piscine, et nous avons, comme on dit, “sympathisé”. Et maintenant, je vous pose une question : qui pense qu’en trente jours Khaoula réussira à parvenir à ses fins ? »

Quelques-uns d’entre nous levèrent la main, d’autres firent une moue dubitative, le chat resta muet.

« Eh bien, patience, vous verrez tout à l’heure. Apprenez d’abord que Khaoula appliqua à la lettre l’audacieuse politique élisabéthaine. Dès cinq heures de l'après-midi, chaque jour, elle descendait de l'École des mines, au 60 du boulevard, jusqu'en bas, place Saint-Michel, là où il y a une fontaine baroque, des pickpockets et des bandes éparses de touristes. Elle dévisageait sans vergogne les hommes, essayant de repérer l'amerloque, puis elle changeait de trottoir et remontait de l'autre côté, d'un pas ondoyant. Elle s'arrêtait parfois devant la vitrine d'un magasin de chaussures ou de vêtements, attendant qu'on l'aborde. (Je vous rappelle qu'elle était jolie et bien faite.) Quand on l'entreprenait, elle souriait (ô miracle) puis demandait à l'impétrant d'où il venait. Le premier jour, il fallut parfois s'aider de gestes pour se faire comprendre mais, dès le lendemain, la rusée se munit d'un atlas emprunté à la bibliothèque – il fallait bien qu'elle servît à quelque chose, cette vénérable institution. L'atlas ouvert, présenté comme un ostensoir, l'homme était invité à poser l'index sur la surface colorée qui représentait son pays natal et à prononcer son nom à haute et intelligible voix. Cent quatre-vingt-dix-neuf réponses différentes (autant de nationalités) valaient au malheureux un *pffffft* méprisant, l'extinction du sourire et la menace d'ameuter les archers s'il ne disparaissait pas sur-le-champ. Au bout d'une semaine, elle fit le bilan, qui s'avéra décevant : quelques Français, une dizaine d'Africains et de Maghrébins, un évadé d'Asmara, deux Turcs, quelques campeurs apatrides, trois estivants d'îles lointaines, un homme d'affaires indien, un globe-trotteur sarde, un juillettiste hors saison, deux vagabonds russes, un Libanais, un poète cubain ; mais d'Oncle Sam, point.

Il ne restait plus que trois semaines pour harponner du Yankee.

Que faire ?

C'est alors que Khaoula se souvint de l'autre suggestion de la bibliothécaire : aller traîner ses escarpins du côté de l'ambassade des États-Unis. Elle commença – erreur de débutante – par la résidence de l'ambassadeur, rue du Faubourg-Saint-Honoré. Il y avait là des boutiques de luxe par dizaines, il n'était donc nullement suspect qu'une jeune et jolie femme déambulât des heures durant dans cette rue, le nez collé aux vitrines, surveillant dans le reflet de la rue les allées et venues des Américains – mais il y en avait peu : c'est ce qu'elle constata après deux jours de braconnage infructueux. Elle s'aperçut alors qu'il y avait beaucoup plus d'achalandage de l'autre côté, avenue Gabriel. C'est là qu'elle résolut d'aller traîner son chalut, croisant lentement de l'hôtel de Crillon à l'Espace Cardin, les yeux aux aguets, les narines frémissantes pour mieux flairer l'Étasunien, la démarche chaloupée – l'hôtel de la Marine était tout proche. Elle fut abordée quelques fois, notamment par d'immondes poussahs olivâtres émergeant comme autant de lamantins des profondeurs du Crillon ; riches, ils l'étaient sans doute, mais il était impossible de les confondre avec des Américains de Dallas ; on le leur fit bien voir.

Et puis, un jour… Oh, mon Dieu… Se peut-il… Oh, le bel Américain ! Et qu'est-ce qu'il avait l'air riche et naïf… »

Najib s'arrêta de parler. Il lança, à la cantonade ·

« Qui croit ici à la force du destin ? »

Puis, sans attendre la réponse :

« Eh bien, c'est plutôt de *forcer le destin* qu'il faudrait parler. Khaoula, ayant repéré l'homme blond qui venait à sa rencontre, sortant de l'ambassade des États-Unis, trébucha – ou fit semblant. Elle poussa un petit cri adorable, sa bouche s'arrondit, pulpeuse, boudeuse, contrariée, l'œil noir se voila, irrésistible. L'attention du gringo fut attirée et, devinez quoi ?

— Dis-nous, dis-nous.

— *Leurs yeux se rencontrèrent.*

— Ah oui, d'accord.

— Le thème du coup de foudre...

— La réciprocité : "leurs yeux"... Ils sont déjà unis ; du moins grammaticalement.

— "... se rencontrèrent". Il y a là de l'inéluctable, du *fatum*.

— *La fuerza del destino.*

— Le "topos de la scène de première vue". On a eu ça avec le professeur Aït Rami, en première année de licence. *La Princesse de Clèves.*

— Elle semblait vaciller. L'homme – le gentleman – se précipita d'un pas souple et sportif – cela fut noté – pour empêcher la jeune femme de choir. Khaoula vérifia en un quart de seconde que son sauveur ne portait pas d'alliance puis accepta son bras – qu'elle ne lâcha plus. La rue Boissy-d'Anglas, avec ses cafés chics, était en face. On s'y transporta ; on y fit connaissance, dans un français peu assuré, de part et d'autre ; les regards se firent éloquents ; on se découvrit quelques affinités, on s'en inventa d'autres ; on convint de se revoir, on se revit, dès le lendemain. Et le reste, mes amis, appartient à l'Histoire, la minuscule : Khaoula est aujourd'hui citoyenne américaine. *O say can you see...* Je ne sais pas si Robin – c'était son prénom – était riche et naïf, mais le fait est qu'elle avait atteint son objectif ; et en moins de trente jours. Chapeau bas, messieurs. »

Nous applaudîmes le conteur et surtout son intrépide héroïne.

Bon vent, Khaoula, puisses-tu trouver le bonheur au pays des tornades !

Puisses-tu...

C'est alors qu'un pékin qui n'appartenait pas à notre joyeuse bande se leva de sa chaise, à quelques mètres de nous, abandonnant son thé à l'absinthe ; et il vint nous entreprendre, d'une voix de basse. Il ressemblait étonnamment à Lee Van Cleef, ce héros de notre jeunesse.

« Messieurs, pardonnez mon intrusion, j'ai tout entendu, bien involontairement, parce que j'étais à portée d'oreille. Je suppose, monsieur (se tournant vers Najib), que vous donneriez comme titre à votre anecdote, s'il en fallait un, *Trente jours pour trouver un mari* ?

— Pourquoi pas, répliqua Najib, sur la défensive, ce n'est pas un mauvais titre. On a lu pire.

— Eh bien, conclut l'étranger en s'installant sans façons sur la banquette, nous poussant, Hamid et moi, d'une sorte de gifle culière, je connais une histoire qui pourrait porter exactement le même titre. Je ne songe pas à vous le dérober, monsieur, je ne vous accuse pas de plagiat par anticipation ; j'affirme le fait, sans plus. Écoutez ça. »

Cet étranger, avec sa tête d'*outlaw*, nous intriguait.

« Ma cousine germaine se prénomme Najlaa et avant que quelqu'un ne brame "drôle de prénom", je précise qu'il signifie "celle aux grands yeux" – il s'applique aussi bien aux génisses qu'aux jeunes filles, et même aux girafes. Cela établi, continuons. Najlaa était une jeune fille courageuse et intelligente qui fit de bonnes études couronnées par un diplôme d'expert-comptable. Elle eût pu chercher à entrer dans la fonction publique, comme tout le monde ; on le lui susurra ; on l'y incita ; c'était mal la connaître. Haussant métaphoriquement les épaules, elle créa ce qu'on appelle une "fiduciaire"...

— Une fille du ciel, interjeta plaisamment Hamid le folliculaire.

— Monsieur, j'aimerais autant ne pas être interrompu.

— Excuses.

— Elle créa donc une fiduciaire, je ne sais pas exactement ce que cela signifie, il semble même que ce mot désigne deux choses différentes en France et chez nous, mais peu importe : elle fit prospérer ladite entreprise au point de posséder, quelques années plus tard, une puissante voiture de marque allemande, un bel appartement acquis à crédit dans ce quartier casablancais qu'on appelle Racine ou Racing – selon que l'on est cultivé ou parvenu – et un drécine, pardon, un *dressing* plein de vêtements dont l'ensemble ne demandait qu'à se transformer en trousseau de mariée ; parce qu'il faut maintenant révéler qu'à trente ans, "celle aux grands yeux" n'était toujours pas passée, rosissante, devant les *adoul,* ce qui commençait à faire jaser dans le voisinage.

Vous savez, messieurs, que les physiciens peuvent calculer la pression d'un gaz, surtout s'il est parfait ; il y a des formules pour ça ; mais personne n'a pu, jusqu'à présent, mettre en équation la pression sociale. Est-ce à dire qu'elle n'existe pas puisqu'on ne peut l'exprimer en langage mathématique, comme le voulait le grand Galilée ? Erreur. Le génie pisan avait la vue courte, malgré sa longue-vue : il y a des faits plus durs que la roche, plus certains que la chute des corps, et qui ne se mettent pourtant pas en équation. La pression à laquelle fut soumise ma cousine valait celle d'Avogadro. De guerre lasse, elle décida de prendre mari. Elle n'eut pas à chercher loin : papillonnait dans les parages un bellâtre du nom d'Anas…

(— Ils s'appellent tous Anas.)

— … qui habitait dans le même immeuble qu'elle et qui lui faisait œil de velours chaque fois qu'il la croisait. Dans l'ascenseur, il essayait de lier connaissance (il avait remarqué la berline allemande), mais comme elle habitait au troisième étage (Najlaa, pas la berline), le temps lui manquait, la translation verticale se faisant en quelques secondes. Il se contentait d'impressionner par ses chemises cintrées, sa gourmette et sa fine moustache. Prise par son travail, Najlaa ne rencontrait quasiment personne. Quand elle eut décidé de trouver chaussure à son pied, les bottines italiennes du bellâtre ne lui déplurent point. Il sentait bon – ce n'était ni l'odeur du crottin ni celle d'un parfum espagnol de contrebande – et il n'était pas précédé d'une panse proéminente. Trois bons points, déjà ; de plus, son portable n'avait pas comme sonnerie une sourate du Coran – elle détestait les bigots et les tartuffes ; et puis la parole de Dieu n'est pas faite pour vous signaler qu'il faut répondre au plombier ou qu'il est temps d'aller faire pipi. Une panne providentielle de l'ascenseur – on l'attendit longtemps – fut l'occasion pour l'Apollon du Racing d'aller au-delà des formules de politesse : il invita sa voisine “à prendre un verre, un jour”, comme le veut la formule, pour se mieux connaître, entre voisins. Elle accepta. Quelques jours plus tard, ils étaient installés sur une terrasse d'Aïn Diab. Elle se rendit compte que le hâbleur n'avait pas grand-chose à dire, hélas, mais il le disait d'une voix mâle – et puis, il était plutôt bien bâti. Quelques semaines plus tard, ils étaient fiancés. Sur un point, Anas avait joué franc jeu : il n'avait pas le sou. L'appartement ne lui appartenait pas, un oncle lointain l'y logeait par charité, et son vague diplôme de gestion sous-marine – ou quelque chose comme ça, elle n'avait pas compris – ne lui autorisait pas de grandes espérances – même la gourmette était en toc, et les bottines bangladaises. Bref, il était sans ressources. Elle hésita ; puis décida de l'épouser quand même. Pour le coup, il lui fallut tout organiser et tout payer : la location de la salle des fêtes, le traiteur, le fleuriste, les invitations, etc. Je vous ai dit, n'est-ce pas, qu'elle était courageuse et travailleuse ?

— Tu l'as dit, étranger.

— Elle organisa, elle planifia, elle régla tout à l'avance ; et attendit le 26 mai, jour des épousailles. Et puis, catastrophe ! »

Nous tendîmes l'oreille parce que rien n'intéresse l'humain autant que le malheur des autres.

Lee Van Cleef changea de sujet.

« Je m'aperçois que j'ai oublié mon verre de thé à l'absinthe sur la table que j'occupais. Il doit être froid maintenant… »

Jaâfar, tout boudiné qu'il fût, se précipita pour lui en chercher un autre, fumant. Van Cleef remercia et reprit son récit.

« Donc, à exactement trente jours de l'hyménée, le sort frappa. Najlaa dut se rendre à Bernoussi, pour les besoins d'un rendez-vous d'affaires. Notez que jamais encore elle n'avait mis les pieds dans ce quartier casablancais qu'elle ne connaissait que par ouï-dire, comme vous et moi. Personne ne va jamais à Bernoussi sans raison impérieuse. On y trouve des milliers d'ateliers et d'usines mais, à part ça, c'est un endroit sans le moindre intérêt. Elle gara sa voiture à proximité de l'endroit où elle devait rencontrer un client potentiel, en sortit, jeta un coup d'œil circulaire et… »

Il but une gorgée de thé à l'absinthe.

« … et *c'est alors qu'elle les vit.*

— Qui ? Qui ?

— Anas et une gourgandine ; une fille en cheveux ; une drôlesse à l'air effronté.

— Il était avec trois femmes ?

— Non. (Imbécile.) Je décris la même créature. Assis à la terrasse d'un café, pressés l'un contre l'autre les doigts entremêlés, se murmurant de doux bla-bla, esquissant des bécots virtuels, Anas et sa nana…

(— … et un jus d'ananas…)

— … ne se rendaient pas compte qu'on les observait. Najlaa serra les dents, prit discrètement une photo du couple avec son portable puis tourna les talons et alla à son rendez-vous. Le soir même, elle envoya la photo à l'homme qui la trompait avant même le conjungo – il était diablement pressé – et lui signifia l'interdiction formelle de lui adresser la parole à l'avenir. Les fiançailles étaient rompues. Je suppose qu'elle pleura un peu ; puis se mit en devoir d'annuler les réservations de la salle de fête, du traiteur, du fleuriste – et de se faire rembourser les arrhes. Partout, elle fit chou blanc : on ne rembourse pas trente jours avant l'événement. Qu'eussiez-vous fait, amis ? Inutile de répondre, on s'en moque ; ce qui importe, c'est la réaction de ma cousine, dont je vous ai déjà dit qu'elle était courageuse…

— … et intelligente.

— … mais dont je ne vous ai pas encore révélé la qualité la plus éminente : Najlaa était *économe.* Il était hors de question de perdre l'équivalent de dix mois de salaire à cause d'un don Juan de banlieue. Elle rétablit les réservations et, ayant réfléchi, arriva à cette conclusion aussi irréfutable qu'un éléphant : puisqu'il n'était pas question de se rabibocher avec le cavaleur de Bernoussi (au moins, s'il draguait à Anfa !), il ne lui restait plus que trente jours pour trouver un (autre) mari. Et c'est pourquoi, monsieur (il s'était tourné vers Najib), j'ai été prodigieusement intéressé par l'histoire de *votre* Khaoula. Soit dit en passant, ce prénom a plusieurs significations : gazelle, biche, solitude, retraite dans le désert pour soufi rêveur, terrain vague, etc. »

Il se tut et entreprit de boire son thé à l'absinthe.

Nous n'étions pas satisfaits.

« Monsieur Van Cleef, une chose est de nous envahir avec votre anecdote, par ailleurs piquante, une autre est de nous laisser pantelants de curiosité en attendant la suite ; finissez ! »

Il minauda un peu, se tirant le lobe de l'oreille gauche, caressant le chat.

« C'est que je ne savais pas que cela vous intéressait... Eh bien, voici. Najlaa se mit à réfléchir. Elle n'était pas du genre à aller traîner sur le boulevard à la recherche d'un Américain ou même d'un simple mortel ; et de toute façon, elle n'en avait pas le temps, elle avait une fiduciaire à fiducier. Elle s'assit donc à sa table, ouvrit son ordinateur et se mit à écrire un programme, en fait un algorithme assez simple qui fonctionnait ainsi : douze qualités humaines (loyauté, gentillesse, courage, intelligence, etc.) étaient pondérées par des nombres écrits sous forme de fraction (ne me demandez pas pourquoi) ; les régions du pays étaient elles aussi pondérées mais je ne vous révélerai pas les coefficients pour ne fâcher personne. Sachez seulement que la région d'Agadir, d'où sa mère était originaire, était bien notée, ainsi que les R'hamna, région qui a la réputation de produire des gens honnêtes…

— Et le Rif ?

— Et les Fassis ?

— Et Doukkala ?

— Inutile d'insister, vous n'aurez pas les coefficients. Najlaa introduisit aussi dans son algorithme des éléments plus concrets : taille, poids, niveau d'études, emploi actuel, couleur des cheveux (le roux vif n'était pas loin de la note éliminatoire), etc. Les parents aussi figuraient dans les calculs : une mère acariâtre ou un père condamné pour haute trahison faisaient perdre beaucoup de points. Bref, en fin de soirée, l'algorithme était écrit. Pour le tester, Najlaa introduisit quelques personnages célèbres – en faisant beaucoup d'hypothèses, car comment savoir si le père de George Clooney avait été condamné, il y a des lustres, pour haute trahison ? – et les résultats furent concluants : le classement correspondait en gros à l'intuition qu'on pouvait avoir de la qualité maritale des personnages.

— En gros, il vaut mieux épouser un type sympa et riche qu'un sale con sans l'sou ? »

Van Cleef regarda longuement Hamid le libelliste, qui venait de l'interrompre ; puis il esquissa un sourire de supériorité – de ceux qui signifient : « Je sais quelque chose que vous ne savez pas. »

« Ce n'est pas aussi simple que vous semblez le croire, monsieur. Après avoir fait son test, Najlaa modifia petit à petit les coefficients jusqu'à vraiment faire coïncider le classement avec ce qu'elle-même ressentait ; c'est-à-dire que si tel footballeur célèbre devançait tel intellectuel, elle fignolait l'algorithme jusqu'à inversion du résultat. En d'autres termes, elle faisait davantage confiance à l'intelligence artificielle qu'à la sienne, celle qui lui avait fait choisir les coefficients du départ, qui s'avéraient donc moins précis qu'elle ne le croyait. Pigé ?

— Non, mais continuez.

— Najlaa, ayant pris soin d'enlever les coefficients, envoya l'algorithme – réduit à une suite de questions – à toutes ses amies et ses condisciples de jadis en le présentant comme un jeu, une farce, une bien bonne ; elle l'illustra, le questionnaire, par quelques émoticônes représentant des faces hilares ; et elle leur demanda de le remplir en ayant choisi au préalable un frère, un cousin, un ami, mais avec une condition dirimante : *qu'il fût célibataire*. Elle attendit. Certaines de ses correspondantes ne réagirent pas, peut-être par manque de matériel ou parce qu'elles craignaient une embrouille, mais Najlaa reçut suffisamment de réponses pour les introduire dans l'algorithme après avoir rétabli les coefficients. Elle appuya d'un doigt décidé sur la touche idoine et le classement sortit après quelques millisecondes : 1. Farid 2. Ayman 3. Younès, etc.

Il était temps de passer à la seconde partie de son plan. Quelques jours plus tard, elle déjeunait avec Farid, grâce à l'entremise de sa cousine remplisseuse de questionnaire, dans ce très bon restaurant japonais qui se trouve rue Naguib Mahfouz à Casablanca. Hélas, Farid fut odieux avec le sommelier, un pro, pourtant ; Najlaa le barra de la liste parce que la façon dont on traite ceux qui nous servent est un excellent indicateur de notre vrai caractère. Le lendemain, elle prenait un café avec Ayman, le numéro 2 du classement algorithmique. Elle lui posa quelques petits pièges dans lesquels il ne tomba pas. »

Van Cleef leva l'index vers le ciel.

« Pourquoi le taire plus avant, mes amis ? Ayman et Najlaa forment aujourd'hui un couple (bien) marié. Ils se promènent main dans la main sur la plage d'Aïn Diab, ils choisissent leurs rideaux ensemble et vont passer le week-end à Dakhla ou dans l'Atlas. On s'étonna seulement que le mariage fût célébré vingt-sept jours après leur première rencontre – pourquoi cette précipitation ? –, mais 27 n'est-il pas un chiffre béni ? »

Ahmed le mathématicien l'interrompit :

« Exact : c'est un cube parfait et c'est le premier nombre composé qui n'est divisible par aucun de ses chiffres.

— Je vous crois sur parole, monsieur ; mais il n'y a pas que l'arithmétique dans la vie : le Coran fut révélé la vingt-septième nuit du mois de ramadan, ce qui me semble plus miraculeux que votre histoire de cube parfait.

— Pas d'accord, rétorqua Ahmed. On ne sait quasiment rien du Coran ; en revanche, on peut *démontrer* que le nombre de droites se trouvant sur une surface cubique lisse est exactement vingt-sept. Ce genre de certitude, c'est quand même autre chose que cette fable de vingt-septième nuit…

— Je vois. Monsieur est un libre-penseur.

— Pour vous servir. »

Machin intervint.

« Écoutez, ça ne mène à rien, ces ergotages entre croyants et agnostiques. Continuez, monsieur Lee.

— Donc, on s'étonna que le mariage fût célébré vingt-sept jours après la première rencontre ; mais, disait Najlaa, pourquoi attendre si l'on est sûr d'avoir trouvé l'âme sœur ? Faut-il rester face à face, les mains dans les mains ? En attendant quoi ? Le retour de la comète ? L'apparition de l'imam caché ? Certains, plus terre à terre, argileux même, insinuèrent que la fiancée était… comment dire ?

— En cloque ?

— Dans une situation intéressante ?

— Avait un polichinelle dans le tiroir ?

— Pures médisances. La vérité, vous la connaissez : elle avait trente jours pour trouver un mari, elle l'a fait. Ce que femme veut… »

Il se rassit.

La nuit était tombée. Au Café de l'Univers, il ne restait plus que nous et le cow-boy. Nous incombait la tâche de tirer une morale de tout cela puisque, sous toutes les latitudes, les hommes ne se réunissent que dans ce but : ajouter à la simple énumération des faits, qu'un grand livre suffirait à contenir, l'infini des jugements et des condamnations, des acquittements, des éloges et des insultes zaporogues ; ajouter de l'éthique, de la moralité, des leçons et des synthèses – tout cela étant à la fois inutile et indispensable.

Ali se lança.

« À première vue, on pourrait croire, comme notre ami l'*outlaw* le prétend, que les deux cas sont similaires. Khaoula, Najlaa, même combat (contre la gent masculine). Mais ce n'est pas le cas. Oh, non ! Il y a une différence fondamentale, qui nous fait changer d'époque, carrément. Khaoula, pour réaliser son rêve, s'est servie de son gros bon sens, aidée par Élisabeth la bibliothécaire : c'est donc l'intelligence humaine qui fut en jeu. En revanche, dans le cas de Najlaa, notre ami Lee ne nous a-t-il pas lui-même précisé qu'elle avait modifié ses coefficients, c'est-à-dire ceux que son cerveau lui avait dictés, pour mettre au point un algorithme plus performant ? Elle fit donc davantage confiance à l'intelligence artificielle qu'à la sienne. On est ainsi entré dans ce monde futur dans lequel, selon un publiciste fameux, l'algorithme saura "reconnaître vos désirs sans même que vous en ayez explicitement conscience [1]".

1. Harari, *21 leçons*, Albin Michel, p. 63.

(— Depuis qu'il a lu ce livre, il ne cesse d'en parler…) »

Hamid le pisse-copie leva la main.

« Bien dit, Ali. Mais on peut affiner l'analyse.

— Affine, affine.

— Khaoula et Élisabeth la bibliothécaire ont ourdi ensemble le complot destiné à faire tomber un gringo dans la trappe : il s'agit donc d'*intelligence collective*, puisqu'elles étaient deux. Bien. Supposons maintenant que la mère de Khaoula, que nous ne connaissons pas, se soit mariée, elle, comme toutes les femmes de sa génération : on vint un jour l'informer qu'un quidam la voulait comme dame, qu'on la lui avait accordée mais que, pour des raisons vaguement religieuses, il fallait encore son assentiment. Que pouvait-elle répondre, à seize ans ? Cupidon ne cheminait pas à sa rencontre – elle ignorait qu'on pût se marier par amour. Sa comprenette jugulée lui fit dire oui ; mais c'était encore une forme d'intelligence. »

Il se tut un instant avant de porter l'estocade.

« En d'autres termes, nous sommes passés, en l'espace de trois générations, de l'intelligence vague, singulière, individuelle, à l'intelligence collective ; de là, avant tout le monde, à la phase qu'on nous promet pour l'an 2050 : celle de l'algorithme, qui mènera notre vie.

— Adieu, spontanéité, sérendipité…

— Cette évolution que ton publiciste assignait à l'humanité entière en lui accordant dix mille ans pour la parcourir, les femmes de notre pays l'ont accomplie en trois générations, elles ! »

Il se rassit, dans un silence profond.

Le café tout entier méditait ses mots. Et ce fut soudain comme si un éloge silencieux autant que fervent s'élevait vers la voûte.

*Ô Khaoula (et sa maman) ! Ô Najlaa ! C'était donc vous qui accomplissiez le destin de l'espèce cependant que de piètres piétons, d'évanescents bipèdes allant l'amble, allant avant parce que bimanes, des hommes enfin, des gus, des gaillards, se croyaient dépositaires du secret des dieux (qui ne s'adressent jamais qu'à eux). Et vous, sapience sereine, vous œuvriez en silence, incarnée par des femmes, nos sœurs, qui nous faisaient passer à notre insu de l'état de brutes épaisses à celui de fins sapiens, puis nous faisaient l'inouïe promesse que nous deviendrions des dieux...*

Nous fûmes soudain très fiers de nos concitoyennes.

Mesdames, chapeau bas.

# 2

# Les gants de Mme She

Puisque c'était son tour, Machin prit la parole. Ni circonvolutions ni précautions oratoires, avec l'ami Machin, qui était ingénieur : il entra d'emblée dans le vif du sujet.

« On m'envoya un jour vendre du phosphate aux Chinois. C'était dans les années 1980. Comme il n'y avait pas, à l'époque, de liaison aérienne directe entre Casablanca et Pékin, il fallait passer par Paris – ce qui n'est pas une punition, après tout, surtout que l'escale durait toute une journée. On avait le temps de faire des emplettes, de flâner sur les boulevards ou de s'esbaudir devant un spectacle payant. »

Sa voix se fit plus grave.

« Là, dans la capitale française, on m'informa d'un détail météorologique qui m'avait échappé dans la douce torpeur casablancaise : il fait un froid de gueux en Chine, en hiver. Ne me dites pas que c'est logique, car qu'est-ce qui est logique chez les Chinois ? »

Najib l'interrompit, l'index levé :

« Trois ou quatre phrases et déjà une remarque raciste. »

S'insurgea Machin :

« Comment ça, raciste ? Je dis seulement que les Ch'naoua ont une autre logique que les gens de Chichaoua. Après tout, ce sont des athées.

— Et alors ? Il y a une seule logique, celle d'Aristote, et elle vaut partout et pour tout. »

Ah, l'éternelle discussion…

Chacun voulut y mettre son grain de sel.

« Qui c'est qui réclamait "des soviets partout et pour tout" ?

— Hors-sujet ! cria Ahmed le mathématicien.

— *Wahdat al-woujoud*, l'unité de l'étant, disait Ibn Arabi.

— Ce n'est pas plutôt *l'unicité* de l'étant ? » s'inquiéta Jaâfar.

Machin haussa la voix :

« Le prochain qui me coupe la parole juste pour faire une remarque oiseuse et parfaitement inutile… Je m'arrête et vous ne saurez rien des gants de Mme She. »

Ah, ah ! Le Café de l'Univers sembla soudain se taire, dans un bel ensemble – le chat lui-même cessa de ronronner –, parce qu'il y avait quelque chose d'insolite, d'incongru, de prometteur dans cette sorte de bande-annonce que l'ami Machin venait de déployer, ou plutôt de faire retentir sous l'absence de lambris du café ; et que sa façon de prononcer « Mme She » commandait l'attention : ça commençait banalement, insidieusement – madame… – et puis, soudain ! ce « She » prononcé d'une voix rauque, comme si on étranglait un relaps, le *e* si aigu qu'il atteignait les parages du *i*. Nous étions tout ouïe.

« Donc, notre correspondant à Paris, qui avait voyagé au temps de sa jeunesse folle, m'apprit que l'automne à Pékin, et l'hiver itou, sont saisons saisissantes – on s'les gèle, les ailes des narines. J'avais quelques heures à tuer avant de prendre le vol Air France Paris-Pékin. Je me ruai vers les magasins et fis l'emplette d'un pull norvégien, d'un cache-col de laine et d'une paire de gants.

— Les voilà ! On se demande quel rôle ils vont jouer dans ton histoire.

— Ensuite de quoi, j'allai à l'aéroport, tranquille comme Baptiste... ou plutôt comme Amundsen au pôle Nord, ne craignant ni froid ni frimas...

(— Amundsen, c'était pas plutôt le pôle Sud ?)

— Bref, tout se passa fort bien, on nous servit un excellent repas à trente mille pieds d'altitude et je m'endormis, réveillé de temps à autre par une petite fille blonde, assise devant moi et qui se dressait sur son siège, se retournait et me criait "patapouf !" dans les oreilles. Quelques instants plus tard, c'était la mère qui me réveillait pour me prier d'excuser l'inexcusable comportement de sa gamine – "Vous comprenez, monsieur, elle est tout excitée à l'idée de revoir son père, qui est expatrié en Chine. Didier est ingénieur à Shenzhen." »

Hamid leva le doigt, comme s'il demandait la parole.

« On a vraiment besoin de tous ces détails ? »

Machin fronça les sourcils.

« Écoutez, les gars, je raconte une aventure dont j'ai été le protagoniste et il y avait vraiment, dans cette aventure, une petite fille qui me criait "patapouf" dans les oreilles, là-haut dans les nuages. Je sais bien qu'Ibn Khaldoun a décrété que l'Histoire est affaire de choix et de lacune, mais moi, je ne choisis rien et j'ignore la lacune. Une guerre apocalyptique, un ouragan ou "patapouf" couiné par une mouflette surexcitée, c'est kif-kif bourricot vu que ça m'est arrivé et que c'est mon histoire.

(— Il va bientôt citer Hume.)

(— ?)

(— *Il n'est pas contraire à la raison de préférer la destruction du monde entier à l'égratignure de mon doigt.*)

(— !)

— Continue, continue…

— Nous arrivons à Pékin, je passe sans encombre les contrôles de douane et de police – j'ai les visas idoines –, un taxi me happe après que j'l'ai hélé, me voici bientôt dans mon hôtel, pas loin de la Cité interdite. Et si quelqu'un me demande pourquoi elle est interdite, ou une facétie de ce genre, je me lève et je m'en vais ; et vous ne saurez rien des gants de Mme She.

— Mais on n'a rien dit.

— Le lendemain, dès l'aube, à l'heure où blanchit Pékin, j'allai en taxi affronter la commission du Parti communiste qui achetait notre phosphate.

— Comment ça, le Parti communiste ?

— Mais oui. À l'époque, sous le règne de Deng Xiaoping – alias "petite bouteille" –, l'agriculture, donc les engrais, donc les phosphates, était d'une importance vitale et il n'était pas question de laisser des amateurs inconséquents jouer avec : le Parti contrôlait toute la chaîne de production. Le taxi me déposa donc devant une sorte de Palais du peuple, immense, gris, violemment géométrique. Je passai un premier rideau de soldats figés comme autant de quilles kaki. Il me fallut ensuite traverser une orgie de drapeaux rouges et d'oriflammes dans un hall monumental, suer sous les yeux suspicieux des plantons, pour arriver enfin dans une salle obscure, triste et froide (je n'enlevai pas mes gants) où avaient dû se dérouler maints procès de dissidents – un instant, je crus vraiment entendre des hurlements déchirants ; ce n'était que des chaises métalliques qui crissaient sur le plancher : la commission était entrée, s'était installée sur une estrade, en face de moi, et me regardait de ses douze yeux.

— Ses doux yeux ?

— Ses dou-zeuh yeux : la commission était composée de six membres. Mais si ça peut vous faire plaisir, je peux en ôter quatre ; parce que, à la fin des fins, seule la présidente, Mme She ("Shîî") joue un rôle dans cette histoire, avec le jeune homme qui se tenait à sa droite, Liu Tong Bo.

— Tu les connaissais ?

— Non, je savais seulement que la commission serait présidée par une certaine Mme She. Quant à

Liu Tong Bo, je le voyais pour la première fois de ma vie mais il allait devenir mon ami – n'anticipons pas.

— Non, non, anticipons. Tu as eu un ami chinois, toi qui es raciste ?

— Oui et non. (Et d'abord, je ne suis pas raciste.) Liu Tong Bo n'était pas chinois dans le sens "Han, fils du Ciel" ; il faisait partie d'une minorité ethnique ; ce qui explique d'ailleurs pourquoi il était très grand, un mètre quatre-vingt-cinq environ. Je peux continuer ?

— Fais, fais.

— L'art du conteur exigerait peut-être que je vous décrivisse…

(— Ça rime avec "écrevisse"…)

(— Mais c'est une rime pauvre.)

— … Mme She. Mais comment décrire un ectoplasme ? Non qu'elle fût sans consistance ; mais la salle était sombre, l'estrade en surplomb et tous ces gens-là étaient à contre-jour. Je distinguais à peine ses traits, à la She. Et puis, vus de loin, tous les Chinois se ressemblent…

— Tu vois bien que tu es raciste », interjeta Najib.

Machin ne releva pas.

« Donc, les négociations commencent. Mon patron, qui était également le Premier ministre de notre beau pays, à l'époque…

— Ah oui, le fameux K…

— L'homme au cigare.

— Lui-même. Mon patron, le fameux K., m'avait chargé, entre deux bouffées de Montecristo, de vendre quelques millions de quintaux au prix de 38 dollars la tonne *free alongside ship*, c'est-à-dire fournie au port de Casablanca à côté du vraquier qui l'allait transporter vers l'Orient inscrutable. Je crus donc malin de commencer par exiger de la commission qu'elle aboulât 40 dollars la tonne... À peine avais-je mentionné ce chiffre que Mme She se redressa, comme frappée par une décharge électrique, me lança un regard perçant puis se tourna vers le jeune homme dont je ne savais pas encore qu'il se nommait Liu Tong Bo – et elle se mit à parler rapidement, sur un ton indigné. Holà ! me dis-je *in petto*, l'affaire s'engage mal. J'ai exagéré sur le prix.

— C'est étonnant, tu ne négociais que les prix, pas les quantités ? » demanda Ahmed le mathématicien.

Machin fit semblant de n'avoir pas entendu la chicanerie.

« Je repris donc la parole, disant qu'eu égard aux excellentes relations qui liaient l'Empire chérifien et celui des Ming (j'oubliai, dans mon émoi, tout un pan récent de l'Histoire de la Chine), nous nous contenterions de 38 dollars la tonne. *Free alongside ship*. Liu Tong Bo secoua la tête et dit quelque chose à Mme She. Furieuse, elle poussa une sorte de cri, plutôt une suffocation, et pointa le doigt sur moi. Les autres membres de la commission se penchèrent, comme pour mieux regarder le misérable vermisseau que leur indiquait leur présidente – cet étrange étranger qui venait les ruiner, les prendre à la gorge, les étrangler... Affolé, je me vis soudain saisi violemment par des gardes rouges sortis d'on ne sait où, traîné dehors, cloué au pilori... Je vis distinctement la pancarte qui me dénonçait comme ennemi du peuple (moi, le fils d'un postier !)... Le camp de rééducation n'était pas loin... le goulag chinois... un bol de riz par jour... Je m'entendis soudain dire, en anglais : "Nous pourrions peut-être nous entendre... (Pourquoi tant de haine ?) Disons 35 dollars ?" Il se passa alors quelque chose de curieux. Liu Tong Bo me décocha un sourire puis se tourna vers Mme She et se mit à lui parler calmement, sur le ton qu'on prend pour expliquer quelque chose à quelqu'un...

— Tu comprends le chinois, toi ?

— Non, mais les mimiques sont universelles, comme te l'expliquera le premier ethnologue venu.

— Le deuxième me dira le contraire. »

Machin haussa les épaules.

« Pendant que Liu Tong Bo plaidait ma cause – c'est ainsi que j'interprétai la scène –, j'observais intensément Mme She, mon ennemie, ma Némésis. Elle serrait les dents et secouait la tête, imper- euh, imperturbable, inébranlable, tout d'un bloc. Un mur ! La Grande Muraille ! Je crus voir ma grand-mère ressuscitée, ses yeux agrandis par le khôl, quand elle me reprochait, alors que j'étais môme, je ne sais plus quoi – mais c'était effrayant. La salle se mit à tournoyer – je suis sujet au vertige quand on m'émeut –, je crus entendre ricaner quelque bourreau... Que cent fleurs gelées s'abattent sur l'impudent !... ou des iguanes... Que d'un grand bond en avant, un tigre s'élance sur lui !... Apportez les étrivières ! Fouettez-le ! Paniqué, je criai : 32 dollars ! 32 dollars !

— Tu finiras par les payer pour qu'ils le prennent, ton phosphate.

— À ce moment-là, et alors que je braillais désespérément *thirty-two ! thirty-two !* comme on réclame un sursis d'exécution à un despote mal luné, Mme She leva la main, comme si elle mettait fin à la discussion ; puis elle prononça quelques mots sur un ton apaisé et, ô bizarrerie, toute la commission se mit à rire. Puis Liu Tong Bo s'adressa à moi, dans un excellent anglais : "Eh bien, c'est entendu, nous allons préparer le contrat sur la base de 32 dollars la tonne *free alongside ship* et pour la quantité habituelle. Merci, monsieur Machin. Je vous invite à dîner ce soir. Je passerai vous prendre à votre hôtel à dix-neuf heures."

Je sortis livide, titubant, du Palais du peuple, clignant des yeux parce qu'ébloui par le soleil bas qui illuminait de longues balafres blondes les bâtiments gris de Pékin. Il y avait des taxis juste en face, sous le portrait de Mao, qui semblait se moquer de moi. J'en pris un, le premier de la file, lui montrant sur le plan de la ville, d'un doigt tremblant, l'hôtel où je logeais – et je m'effondrai dans le hall, sur un canapé en chintz, quoique j'ignore ce qu'est le chintz – mais enfin, on était dans l'empire du Milieu, c'est peut-être eux qui ont inventé ce truc-là...

— Ce doit être une sorte de tissu en coton, supputa Jaâfar, que son aspect bouddhique autorisait à se prononcer sur toute chose orientale.

— C'est pas plutôt du schpountz ? demanda Hicham.

— On s'en f..., trancha Machin. Je somnolai sur mon chintz jusqu'à ce que Liu Tong Bo se matérialisât dans l'échancrure, pardon : dans l'embrasure de la porte d'entrée de l'hôtel. *How are you ?* me dit-il, accompagnant sa question d'un large sourire ; *Very good, thank you,* lui répondis-je, sinistre ; et je le suivis au-dehors. Il faisait nuit maintenant. Nuits de Chine, nuits câlines... Tu parles ! J'avais plutôt envie de chercher le lampadaire le plus proche pour m'y pendre, le souvenir cuisant de ma débâcle ne me laissant pas d'autre option : comment allais-je expliquer à K., mon boss, un dur à cuire, un maquignon dans l'âme, que j'avais vendu à 32 dollars, quasiment à perte ? On m'avait bien dit, à Casablanca, de me méfier doublement des Chinois : parce qu'ils sont chinois et parce qu'ils sont athées. La démonstration venait de m'en être faite par She l'impie, qui m'avait dévoré tout cru. *Mon Dieu, mon Dieu, pourquoi m'as-tu abandonné ?*

Liu me dirigea vers une sorte de tertre humide où était garée une voiture noire du Parti. Un chauffeur patibulaire, mal rasé, la cigarette au bec, ne répondit pas à mon salut (encore un athée) et nous partîmes. Je me souviens d'un détail insolite : comme nous passions devant le gigantesque portrait de Mao qui orne l'entrée de la Cité interdite, je demandai à Liu ce qu'il pensait du Grand Timonier.

— Alors là, tu ne manques pas d'air, interrompit Jamal. Tu voulais l'envoyer en taule ?

— Pourquoi ? Il était mort depuis plus de dix ans, Mao.

— N'empêche.

— N'empêche, rien. De toute façon, il ne se formalisa pas, le Liu, contrairement à toi. Il réfléchit un instant et me répondit très sérieusement ceci : c'était un grand poète.

— Ce n'est pas une vraie réponse. C'est dilatoire.

— Bref, Liu m'emmena dîner dans un restaurant mandchou : à l'époque, on y entraînait tout étranger réputé musulman puisqu'on n'y servait pas de porc. Nous nous asseyons, Liu et moi. On papote, il me raconte sa (jeune) vie, je lui parle des poteries de Fès... Le menu déployé, il me conseilla les raviolis à la mode du Nord faits main. Bonne pioche ! La farce était juteuse, la pâte épaisse...

— On se croirait dans la rubrique gastronomique du *Matin du Sahara*...

— Moi, ça me donne faim, soupira Jaâfar en se frottant la panse. »

Machin ne prêta pas attention à l'interruption.

« Je pris ensuite du bœuf dans une salade de coriandre et d'arachides concassées, peut-être était-ce des noix, avec une pointe de badiane (je crois qu'on appelle ça *an-nafi'*, chez nous ?). C'était délicieux. Et pourtant j'étais morose. Liu s'en aperçut ; intrigué, il s'enquit de mon humeur et de ses causes prochaines. Je lui avouai que j'avais été complètement sonné par Mme She. Quelle maîtresse femme ! Quelle ogresse ! (Quelle athée !) Quel talent de négociatrice ! "Pourquoi dis-tu ça ?" demanda Liu, étonné. Eh bien, lui dis-je, en quelques minutes, elle m'a fait passer de 40 dollars la tonne…

— … *free alongside ship*… (Le chœur du Café de l'Univers.)

— … à 32 ! Juste à coups de cris et chuintements, d'œillades méprisantes, de conciliabules avec ses collaborateurs, dont le moindre n'était pas toi, Liu. *Tu quoque*, Liu, *fili mi ?* »

L'ingénieur fit une pause, le temps d'avaler, sombre, une gorgée de caoua.

« Liu me regarda, profondément surpris ; puis me dit : “Mais, *my dear* Machin, jamais, à aucun moment, Mme She n'a négocié avec toi ; ni n'a parlé de phosphate, la bonne dame, encore moins de prix. Dès que nous fûmes assis, la première phrase qu'elle a prononcée fut : Pourquoi diable cet étranger porte-t-il des gants de femme ? »

Commotion générale au Café de l'Univers. Foutre, murmura un noble décati. *Madre de Dios !* pensa quelqu'un qui avait vécu chez les Ibères. Ça alors ! s'exclama plus classiquement un autre.

Machin continua :

« Je n'en croyais pas mes oreilles. Et Liu de poursuivre : “J'ai alors rétorqué à Mme She que tu étais marocain, donc français par approximation, donc raffiné et élégant : tes gants étaient des gants d'homme à la mode de Paris, fins, délicats. Mme She, outrée, monta sur ses grands chevaux et clama à la cantonade qu'elle était quand même capable de faire la différence entre des moufles de godelureau et des *gloves* de fille d'Ève. Elle avait vécu, Mme She, elle avait lu, elle avait voyagé, elle avait même vu Kostroma en Russie. La commission se divisa sur cette grave question (masculin ? féminin ?) – mystère que nous ne réussîmes pas à percer – et pendant que tu baissais sans cesse tes prix (de façon assez incompréhensible, à vrai dire), nous passâmes à une autre question, toujours au sujet de tes gants, à savoir si c'était du daim ou du polyéthylène haute ténacité comme ceux que nous fabriquons du côté de Shanghai. Quand tu nous proposas 32 dollars...

— ... *free alongside ship*...

— ... nous nous étions mis d'accord sur un point : tes gants étaient faits en cuir, et non en daim ou en polyéthylène haute ténacité. Mme She, rassérénée, leva alors la séance car nous n'avions pas que ça à faire : des Canadiens piaffaient dans une autre salle, anxieux de nous vendre leur soufre." Liu se mit à rire. "Rassure-toi, nous n'avons pas discuté du chapeau de feutre de la police montée canadienne. Mais peut-être aurions-nous dû le faire. On l'aurait eu pour rien, leur soufre." »

Machin se tut un instant.

« De retour à hôtel, je tombai raide sur le lit, tout habillé, et je dormis du sommeil du juste – de l'homme qui vient juste de commettre une gaffe de proportions bibliques. Le lendemain, dans l'avion Pékin-Paris, pas de bout de chou pour me crier "patapouf !" dans les oreilles, je pus donc me livrer à un calcul assez terrifiant : mes gants avaient coûté huit millions de dollars à l'Office chérifien des phosphates.

— *Eight million bucks*, murmura Salim l'informaticien, qui se croyait dans un film de Scorsese. Pfiuuuuh…

— Tu as ruiné ton pays, Machin, on devrait te pendre, ricana Ali.

— Et puis, une certaine euphorie s'empara de moi au-dessus de la mer d'Andaman. Je me rendis compte de ceci : ce n'est pas Jackie Onassis ni une Rothschild ni Imelda Marcos qui aura porté les gants les plus coûteux de l'Histoire, c'est votre serviteur. Je les sortis avec précaution d'une poche de mon pardessus et les regardai avec – oserai-je l'avouer ? – une certaine fierté.

— Il s'en vante, le bougre !

— Je les possède encore et les mets parfois, pendant quelques minutes, pour me remémorer ces temps héroïques où je vendais du phosphate aux Asiatiques. Aujourd'hui, Mme She est sans doute à la retraite et on ne négocie plus avec des commissions du Parti. Les hommes d'affaires étrangers ont en face d'eux des Chinois sortis de Harvard ou de Cambridge et qui s'intéressent plus aux cash-flows qu'aux cache-cols. Les salles de réunion doivent être chauffées – et c'est le climat des affaires qui compte, pas le climat tout court. »

Et Machin de conclure :

« Les gants de Mme She, j'ai décidé de les léguer à l'école supérieure de commerce de T'nine

Ch'touka. Ils contiennent sans doute une leçon d'une grande valeur pour les étudiants. Le seul problème, c'est que je n'ai jamais réussi à comprendre quelle était exactement cette leçon… Peut-être : *n'ayons pas peur des athées* ? Ou : *les athées sont des femmes comme les autres* ? À toi, Jamal. »

# 3

# Théo le marionnettiste

« J'ai connu autrefois un marionnettiste dont l'histoire contient une leçon – contrairement à l'amusant fabliau chinois que nous venons d'ouïr. »

Jamal avait pris la parole, brumeux, l'œil vague, et pourtant inspiré.

« Vous souvenez-vous, amis, du cirque Amar, de son lion étique, de ses deux clowns sinistres qui se haïssaient, de ses trapézistes maladroits qui s'écrasaient régulièrement au sol dans un grand tremblement de jurons et de poussière – et j'en passe, et des pires ?

— On s'en souvient. N'oublie pas la girafe sans cou, le funambule obèse et la femme à barbe qui souffrait d'alopécie. Le cirque Amar, c'est notre jeunesse. Que d'illusions... que de promesses non tenues...

— Eh bien, malgré tous ses défauts, il suscita des vocations. Un garçon du nom de Théo – c'était plutôt un surnom, les p'tits gars du quartier de Lalla

Zahra l'avaient baptisé ainsi, d'après un personnage de film…

— On se souvient de Théo. Je crois qu'il se nommait Rezzaq, affirma Hamid le chroniqueur.

— Mais non : Ali, comme moi, objecta Ali.

— Aziz ? » (Jaâfar, tassé sur la banquette.)

Jamal leva un index impatient.

« Peu importe. Qu'y a-t-il dans un prénom ?

— Mais beaucoup, justement, affirma Machin. Tous les attributs de… »

Jamal le coupa :

« Je le répète : peu importe. Théo attendait chaque année, avec ferveur, que le cirque revînt à El Jadida, au printemps, et s'installât sur le terrain vague qui jouxtait le camping de Mme Muñoz. Chaque jour, en début d'après-midi, le jeune garçon soulevait une bâche, se faufilait, s'installait au premier rang, sur une chaise branlante, et ouvrait grand les yeux. L'univers se réduisait alors à la piste circulaire couverte de sable mêlé de sciure de bois sur laquelle se déroulait l'action. Il pouvait bien y avoir d'autres spectateurs, et en nombre, mais Théo était seul au monde, ou plutôt le monde ne s'offrait qu'à lui. Monsieur Loyal s'adressait à lui seul ; le lion édenté n'effrayait que lui ; les clowns tragiques ne faisaient rire personne d'autre que lui, surtout quand ils se battaient vraiment, à coups de poing, furieux, ensanglantés, s'injuriant la mère l'un de l'autre ; et quand un trapéziste, ayant raté son numéro, tombait, avec un grand cri, de là-haut…

— … *ici-bas chu d'un désastre obscur…*

— … c'était à côté de lui, toujours, pour sa plus grande joie. Bref, on aurait dit que le cirque tout entier, avec ses étoiles innombrables peintes au plafond, ses comètes, son arche de Noé, ses hominidés décevants, n'avait été créé que pour son amusement à lui, Théo. Il n'était pas loin de le croire – ne disait-il pas, parfois, *mon* cirque ?

— Amar, enfoncé.

— Le cirque Théo. »

Jamal se tut un instant, rêveur ; puis :

« Pendant quelques années, tout alla bien. Le cirque, qui était quasiment la *raison d'être* de Théo, revenait lui rappeler, chaque printemps, son importance et son omnipotence : à force de voir le lion bâiller, les clowns s'injurier, les acrobates s'abattre autour de lui comme autant d'iguanes congelés, il avait fini par croire que ces événements, parce qu'il pouvait les prévoir, à la seconde près, eh bien ! il en était l'organisateur. Il en tirait une certaine fierté. Revenu à Lalla Zahra, il disait aux autres gamins : "Vous avez vu le firmament étoilé ? les clowns dépareillés ? le lion et l'antilope ?" Et il se gonflait d'importance.

(— L'antilope ? Ce n'était pas une girafe ?)

(— Ça se discute.)

(— C'est l'évolution.)

— Eh puis, l'inconcevable se produisit. Arriva ce printemps funeste où le cirque ne revint pas.

(— Ah, c'est beau, ça : "ce printemps funeste où le cirque ne revint pas".)

(— Ça pourrait être le titre d'un film.)

— C'était au début des années 1980, quand il cessa de pleuvoir, et pour longtemps. Vous vous en souvenez ?

— Et comment ! Trois années sans une goutte de pluie…

— Le FMI qui vient nous montrer comment gérer notre malheur…

— L'interdiction de faire sa fête au mouton…

— Y avait plus de moutons.

— Les paysans qui affluaient en masse vers les villes…

— Les gendarmes qui essaient de les refouler…

— Le pire n'était pas là ; du moins pour Théo. Le pire, ce fut que le cirque Amar fit faillite. Comment nourrir un lion, même squelettique, une girafe, même sans cou, et d'autres animaux furtifs, s'il n'y a plus ni viande (d'âne) ni fourrage ? Comment payer les clowns, même au lance-pierre, s'il n'y a plus de public, à cause de la crise ? Le propriétaire déposa le bilan, décrocha les trapèzes, licencia les clowns – qui se prirent à la gorge, infatigables –, nourrit le lion avec l'antilope (car c'en était une) avant de l'abandonner, repu, devant le zoo d'Aïn Sebaâ – et il disparut. »

Jamal avala une gorgée de *l'ben*.

« Théo crut devenir fou. Veuf d'un univers, prince sans couronne, il allait errer sur le terrain vague où se dressait naguère son royaume majestueux. Levant les yeux vers un ciel plein de lacs de lumière, il ne distinguait plus *ses* étoiles – elles étaient mortes ; et le soleil, qui dardait pourtant ses rayons impitoyables, lui semblait noir de mélancolie. On croyait l'entendre gémir. Rien ne le consolait.

— Oh !

— N'oubliez pas qu'il s'agissait d'une autre époque. Les divertissements étaient rares, pour ne pas dire inexistants.

— *Un roi sans divertissement est un homme plein de misères.*

— Merci, Hamid. Après quelques jours de jérémiades, Théo se tut, Théo se tassa, Théo se terra chez lui. *Deus absconditus*... On s'inquiétait pour sa santé, du côté de Lalla Zahra. À tort : il avait simplement découvert la lecture. Il ne cessa plus de lire, voracement, jusqu'à sa fin prématurée. Le printemps passa, puis l'été.

À la rentrée scolaire, Théo réapparut – c'était sa première année de collège. Il semblait avoir fait son deuil de son monde aboli, monde inane qui fut et n'était plus. Il s'assit à son banc et ne proféra pas un mot pendant le premier cours, qui se trouva être un cours de mathématiques. Tout au plus s'avisa-t-il, quand la cloche eut sonné la récréation, de s'approcher du professeur, qui avait parlé d'Euclide et de ces fameuses droites parallèles qui, selon la rumeur, ne se rencontrent jamais, et de lui glisser, sur un ton dogmatique, que "pour les hommes, c'est impossible, mais [que] pour Dieu tout est possible". Le professeur, un athée notoire (on pouvait l'être, à l'époque), fronça les sourcils et ne répondit pas, comme si l'aut' gus n'eût pas existé.

À la fin de l'automne, Théo demanda à l'enseignante de français – vous vous souvenez de Mme Khattari ? – s'il pouvait monter un petit spectacle pendant son cours, juste avant les vacances. Étonnée – ce genre d'initiatives était rare –, Mme Khattari acquiesça. Le jour venu, notre taciturne ami arriva au collège avec un sac à dos. Mme Khattari lui abandonna l'estrade et alla s'asseoir sur un banc, souriante, ravie qu'il se passât enfin quelque chose d'inusuel dans cette classe d'habitude amorphe. Théo plongea la main dans son sac à dos et en sortit, avec précaution… Vous ne devinerez jamais.

— Comment ça ? Tu nous as dit dès le début que c'était un marionnettiste, objecta Hamid. Facile de deviner ce qu'il va exhiber hors sa musette.

— Ah oui, c'est vrai… Il en sortit ce que nous crûmes être des poupées de chiffon. Il déroula des fils qui les prenaient aux épaules et qui étaient fixés sur de petites croix de bois, qu'il inséra entre ses doigts. C'est alors que nous comprîmes que c'était des marionnettes.

— Jusque-là, vous croyiez quoi ? Que c'était des anges cornus ?

— Des djinns congelés ? »

Jamal haussa les épaules.

« Il en prit deux par main, cela fit donc quatre personnages, et les fit danser, marcher, se chamailler pendant quelques minutes avec, ma foi, une certaine dextérité ; puis salua avec une sorte de révérence à peine ébauchée, qui lui aurait valu les huées de la cour de Saint James si d'aventure on l'eût mandé là-bas. Mme Khattari, enthousiasmée, donna le signal des applaudissements. Théo alla s'asseoir. Reprenant sa place, la prof lui fit un compliment puis lui demanda pourquoi ses marionnettes ne parlaient pas. "Elles sont sourdes, muettes et aveugles [1]", répondit sombrement l'artiste. Mme Khattari, désarçonnée, resta un instant silencieuse ; puis elle lui rétorqua qu'il ne tenait qu'à lui que ces créatures recouvrissent l'ouïe, la parole et la vue. "Vous avez raison, lui dit-il, elles pourraient retrouver la voie du Seigneur."

Les mois passèrent. Théo, au printemps, présenta de nouveau son spectacle, cette fois-ci dans le gymnase, devant plusieurs classes. Le directeur d'établissement était là aussi, assis au premier rang, massif, officiel, circonspect, à côté de Mme Khattari rosissante. Les marionnettes étaient maintenant douées de parole et semblaient aussi entendre et voir. Nous n'étions pas dupes : c'était toujours les mots de Théo qu'elles exprimaient – *la voix de son maître*. Il nous sembla aussi qu'elles jouaient vraiment une scène. Il y avait là un couple conflictuel, qui avait l'air de se haïr, à senestre ; *a contrario*, le maître exhibait l'harmonie faite duo du haut de sa dextre. De quoi s'agissait-il ? Il y avait sans doute de la parabole là-dedans, peut-être même de l'apologue ; ou de l'allégorie. Comprenne qui pourra, chacun saisit ce qu'il voulait. Deux des marionnettes se nommaient *as'hab*

1. Cor., II, 18.

*al-maymana* (ceux de la droite) [1], les deux autres *as'hab al-mash'ama* (ceux de la gauche), avait grommelé Théo ; et cela correspondait aux mains qui les manipulaient. On pressentait qu'il valait mieux être les uns que les autres. La représentation se termina par l'effondrement définitif des *as'hab al-mash'ama* – il les laissa littéralement tomber – et le triomphe des *as'hab al-maymana*. Battant le briquet, notre étrange condisciple eût foutu l'feu à ceux d'senestre si le chef d'établissement, se levant prestement et, dérobant sa foudre à Jupiter, comme Cupidon jadis, ne les eût sauvés de la fournaise. Soulagement général ; nous fîmes une ovation au marionnettiste, qui salua – mais ne souriait pas.

Ce ne semblait être qu'un passe-temps destiné à lui faire oublier la débâcle du cirque Amar et la disparition de l'ancien monde ; mais l'art du marionnettiste absorba entièrement l'ami Théo. Il semblait ignorer Guignol et les castelets des jardins publics français – nous étions à El Jadida –, mais il fit de cet art quelque chose de terriblement personnel, comme s'il était, lui, la seule substance, *causa sui*, ou le démiurge ; et ses petits personnages, des pantins ; ce qu'ils étaient d'ailleurs. Il s'essaya dans l'invention de nouvelles formes, de nouveaux matériaux.

Jusque-là, nous croyions tous que les spectacles de marionnettes étaient destinés aux petits enfants. Lors de la première représentation, Mme Khattari avait

1. Cor., LVI, 8.

souligné leur rôle éducatif et elle avait parlé du *merveilleux* – “ce qui appartient au surnaturel, au monde de la magie, de la féerie”. Théo lui avait jeté un regard noir. Il n'était pas du tout d'accord.

Quelques années passèrent. Théo devint au fil du temps une sorte de marionnettiste professionnel qui animait certaines réjouissances : anniversaires, certificat d'études, commémorations diverses. Il ne souriait pas en faisant son numéro. Il rentrait ensuite chez lui où il s'adonnait à sa passion de la lecture. Certains professeurs lui donnaient de temps en temps des livres dont ils n'avaient plus l'usage. Précoce, il était fasciné par la philosophie et la théologie.

Puis arriva la catastrophe. Un jour, son père, qui était ouvrier dans la construction, eut le bras pris dans le tourniquet d'une machine, je ne sais laquelle, peut-être de celles qui projettent des enduits sur les murs extérieurs. Le pauvre homme fut transporté à l'hôpital Mohamed-V mais il avait perdu trop de sang : le bras avait été complètement sectionné au niveau de l'épaule. Il mourut. Théo fut très affecté par cet accident. Lui qui créait des mondes et des destins n'avait pas su protéger cette vie minuscule qui importait tant, celle du père. Son comportement, au collège, devint de plus en plus erratique. Il parlait tout seul, parfois murmurant, parfois à voix haute, sans qu'on pût comprendre ce qu'il disait, en général ; mais parfois, une phrase était prononcée de façon claire et nette, comme ce jour où il s'écria : *Abi, abi, lamma sabaq'tani…* Mon père, mon père, pourquoi m'as-tu précédé ? »

Hamid l'interrompit :

« Précédé ? Je dirais plutôt : "Mon père, mon père, pourquoi m'as-tu battu à la course ?" »

Ali s'insurgea.

« Quelle traduction idiote ! Ils n'étaient pas dans un stade, son géniteur et lui.

— Tu dirais quoi, toi ?

— Quelque chose comme : "Mon père, mon père, pourquoi m'as-tu abandonné ?" Ce qui est assez logique, vu que son père était parti avant d'avoir accompli sa tâche : élever et éduquer son enfant. »

Jamal tapa sur la table de son index replié.

« Les gars, on pourrait gloser jusqu'à demain matin sur cette phrase mystérieuse. La question n'est pas là. Le fait est qu'il l'avait criée pendant le cours du prof de maths, l'athée notoire. Courroucé, ce dernier mit Théo à la porte. Puis, pendant la récréation, sans doute pris de remords, il alla parler au directeur de l'établissement pour lui enjoindre… – il n'avait peur de rien, ni de Dieu ni du diable et encore moins d'un directeur – … lui enjoindre, donc, de faire examiner le jeune garçon par un psychiatre. Il n'y en avait pas, à l'époque, à El Jadida : on soignait les mélancoliques par le Coran et les fous en les envoyant à Bouya Omar, le sinistre mausolée aujourd'hui fermé. Théo y échappa grâce au bon cœur de Mme Corcos, qui avait un jour assisté à un de ses spectacles et qui fut mise au courant par Mme Khattari…

— Mme Corcos, c'était la juive qui dirigeait les majorettes sur le boulevard ?

— Non, les majorettes, c'était Colette Puglisi, la femme du type qui tenait un bar, boulevard Hansali. Il s'appelait Robert, je crois.

— Ah, s'émut Hamid, je me souviens des majorettes en minijupe blanche et blouson rouge... Qu'est-ce qu'elles étaient mignonnes, avec leurs épaulettes dorées qui brillaient au soleil... Et les petits chapeaux ornés d'un croissant...

— Elles défilaient où ?

— Sur l'avenue de la Ligue-Arabe, le jour de la Fête de la jeunesse, le 9 juillet.

— En minijupe ? Et ça ne suscitait aucune protestation ?

— Non. C'était une autre époque. On est devenus bigots après.

— Dis plutôt qu'on est devenus stupides », soupira Ahmed.

Jamal tapa violemment de la paume de la main sur la table.

« Je n'en crois pas mes oreilles ! Je vous raconte une histoire tragique, d'importance cosmique, qui soulève de profondes questions métaphysiques, et vous m'interrompez pour me parler de majorettes, de minijupes et de Robert-qui-tenait-un-bar ? »

Nous nous tûmes, mortifiés, honteux.

« Donc Mme Corcos emmena, à ses frais, l'adolescent à l'hôpital militaire de Rabat, où il fut examiné par le colonel Chebani, le fameux psychiatre. Le diagnostic fut sans appel : schizophrénie. Autrement dit, Théo avait perdu le contact avec la réalité. Il n'y avait rien à faire : la schizophrénie ne se soigne pas – du moins, c'est ce qu'on disait, à l'époque. Mme Corcos revint, le cœur gros, à El Jadida, dans le car de la CTM, tenant dans sa main celle de Théo – qui se demandait peut-être ce que tous ces braves gens lui voulaient.

Il ne revint pas au collège. Un de ses oncles paternels vint de Zemamra s'occuper de la famille. Il paraît même qu'il épousa la mère de Théo, ce qui est permis par la loi.

— Et Théo ?

— Il ne gênait personne. Je ne suis pas psychiatre mais je me demande si c'est ça, la schizophrénie. Il était dans son monde, c'est sûr ; mais à part ça, en quoi était-il malade ? Il ne parlait plus tout seul : le choc de l'accident et de la disparition de son père s'était estompé. Il passait son temps dans sa chambre, avec ses marionnettes. Parfois il allait se promener, seul, sur la plage de Sidi Bouzid.

— Il parlait aux gens ?

— Non. Il répondait, parfois, quand on lui posait une question précise.

— Il était quand même un peu simplet, non ?

— Pas du tout. Un jour que Mme Khattari était allée le voir, elle revint bouleversée de sa visite. Elle s'en ouvrit à ses amies, Mmes Corcos, Ohayon et Amiel la pharmacienne. Elles en furent saisies. Imaginez que le jeune garçon lui avait tenu un discours qui était à la limite de la folie ou du génie. Dans sa chambre tapissée de livres, il avait pris ses marionnettes l'une après l'autre, les considérant longuement. Puis (je rapporte les mots de Mme Khattari, je ne suis pas sûr qu'il ait pu dire les choses comme elle les rapporta)... »

Jamal changea de voix, étrangement.

« Ces marionnettes, les ai-je créées et leur ai-je forgé un destin inexorable ? Après tout, c'est moi qui les mets en scène... Créées... donc je suis, moi, inengendré, impérissable, par rapport à elles... Ou bien me suis-je contenté de leur donner une forme à partir d'une substance éternelle, et m'en suis-je ensuite lavé les mains ? Qui sait ce qu'elles font quand je dors... quand elles dorment... le sommeil fait naître des monstres. Le mal, est-ce ainsi qu'il naît ? Oh, mon absence, faire croire en mon absence, ma première ruse... Ou bien émanent-elles de moi, sont-elles *moi*, à chaque instant, à chaque particule de temps ? Si je mourais, cesseraient-elles d'être ? Assurément. (Il en prit une.) Si je ne lui dessine pas d'œil, puis-je lui reprocher de ne pas voir ? Si je lui ferme la bouche, si je lui couds les lèvres, puis-je déplorer qu'elle ne chante pas mes louanges ? (Il l'examina.) Sans oreilles, comment pourrait-elle entendre mes exhortations ? *Ils n'entendent pas...* (Il posa la marionnette et en prit une autre.) Celle-ci (chuchotant) ne croit pas en moi. C'est pourtant moi qui lui imprime tous ses mouvements – moi, moi ! – mais elle ne voit pas les fils ténus, elle croit décider elle-même de ses gestes... mais a-t-elle ce choix, est-il seulement possible ? Parfois, je l'abandonne, je la laisse choir – et elle croit encore tomber de sa propre volonté. Comment imaginer cela ? C'est inconcevable, tout à fait incompréhensible. (Il en prit une autre.) Elle est docile, celle-ci ; elle fait ce que je veux, tout ce que je veux. Elle ne lève jamais un bras ni un doigt sans mon accord – et je me dis : en quoi peut-on affirmer qu'elle existe ? Qu'a-t-elle fait de ce don mirifique, l'existence ? (Il la posa.) J'ai parfois la tentation de les tuer toutes... mais on ne peut tuer qu'un vivant, n'est-ce pas ? Sont-elles vivantes ? Quand je les pique, elles ne saignent pas... elles ne rient pas non plus, quand je les chatouille. Elles font semblant, peut-être. C'est en moi qu'il faut tuer la marionnette...

Dévidant ce monologue décousu, Théo était à moitié allongé sur son lit, le dos contre un énorme coussin, balançant de façon imperceptible la tête, d'avant en arrière. Mme Khattari, qui était assise sur une chaise branlante, jeta un coup d'œil autour d'elle. Elle remarqua qu'il y avait, ici et là, des morceaux de marionnette, un bras, une tête, l'ébauche d'un tronc. Elle frissonna. Il s'en aperçut et se releva. Il murmura : “Je ne torture jamais une marionnette, c'est pure diffamation – je serais le dernier des salauds si je le faisais. Créer un être pour le torturer – n'est-ce pas le pire des crimes ?”

Mme Khattari ne put en supporter davantage. Elle se leva et s'enfuit. Elle était au bord du malaise. »

Jamal se gratta la tête.

« Je suppose, puisque certains d'entre vous connaissent Théo, ou ont au moins entendu parler de lui, que vous savez comment il a fini ?

— On l'a envoyé à Bouya Omar ? demanda Hamid.

— Il a disparu ? (Ali.)

— Il est mort, non ? (Najib.)

— Exact. Un jour, son oncle (et beau-père), un homme fruste et violent, le retrouva sans vie, dans sa chambre, au milieu de ses marionnettes. Chose curieuse, elles faisaient cercle autour de lui et leurs regards, si je puis dire, étaient tournés vers lui. Le médecin ne put déterminer les causes de sa mort. On aurait dit que de battre son cœur s'était tout simplement arrêté, de guerre lasse. Chose également curieuse, les marionnettes disparurent le jour même de son enterrement, soit le lendemain de sa mort. Que sont-elles devenues ? Nul ne l'a jamais su – à l'exception de l'oncle, peut-être. La bibliothèque fut vendue au marchand de pépites qui des pages des livres fit des cornets. Et c'est ainsi que mon histoire s'achève, bien tristement. »

Il regarda son verre de *l'ben*, l'air de se demander s'il fallait en commander un autre.

« Pas si vite, s'exclama Ali. Tu as commencé en disant : "J'ai connu autrefois un type dont l'histoire contient une leçon." Elle est où, cette leçon ? »

Jamal posa son verre et fixa Ali, intensément ; puis :

« Je pourrais t'en proposer une, ou même deux. La première, elle a quelque chose à voir avec les dangers de la lecture. Air connu, sous toutes les latitudes. La seconde, je ne suis pas sûr que tu la comprendrais. Et même si tu la comprenais, je ne suis pas certain que tu en tirerais une conclusion valable.

— Mais c'est ça, insulte-moi, dis tout de suite que je suis un crétin de l'Atlas, s'insurgea Ali.

— Je ne dis pas ça ; mais es-tu prêt à entendre une vérité dangereuse ? »

Ali, inquiet, hésita.

« Pourquoi pas ?

— Parce qu'elle pourrait changer ta vie. »

Pour le coup, nous étions tous très intéressés. En chœur :

« Vas-y, Jamal, allez, parle, conclus.

— Très bien ; à une condition : je vous livre la morale de mon histoire mais, bien qu'elle paraîtra à certains incompréhensible ou d'une effroyable banalité – elle n'est ni l'un ni l'autre –, je vous demande de ne pas la commenter. Pas un mot. Emportez-la avec vous, *dormez dessus*, comme disent les Anglais. C'est l'impensé radical en terre d'islam. Sa vérité apparaîtra demain à certains d'entre vous ; ses conséquences, jamais peut-être – à personne. Quoi qu'il en soit, jurez-moi que nous ne dirons plus rien après cette dernière phrase, que nous partirons chacun vers nos pénates et que nous ne parlerons plus jamais de Théo.

— Nous le jurons. Parle !

— Voici la seconde leçon, la vraie : il ne fait absolument aucun doute qu'il aurait mieux valu que Théo n'eût jamais créé ce monde décevant ni les marionnettes rebelles ou résignées qui l'habitent. *Alors pourquoi l'a-t-il fait ?* »

Il se leva.

« Au revoir, messieurs. »

# 4

# Sur la tombe de Mme Giraud

Oublier Théo, comme nous l'avait demandé Jamal ? Cela nous fut impossible : ses mésaventures nous avaient profondément troublés. Pour moi, la conclusion avait retenti comme une révélation : rien, absolument rien n'était donc nécessaire ? Il y avait là de quoi fonder une morale provisoire. (Morale définitive, me rétorqua Ahmed le mathématicien quand je lui fis part de mes réflexions ; c'est la mienne. Je ne vais pas plus loin ; et je cueille le jour.)

Et puis, s'il eût mieux valu que Théo n'eût jamais créé ses marionnettes, est-ce à dire qu'il s'était trompé, qu'il n'était pas génial, quasiment infaillible, comme nous le serinaient ses admirateurs, ses adorateurs, à commencer par Mme Khattari ?

Que vaudrait un monde créé par un démiurge *faillible* ?

Que vaudrait un monde créé par un bricoleur ?

Question vertigineuse…

Nous nous revîmes le lendemain, au Café de l'Univers, en fin d'après-midi, certains d'entre nous encore secoués par l'histoire du marionnettiste.

C'était au tour du solide Ali By de nous instruire en nous divertissant. Il nous raconta l'histoire extraordinaire – l'adjectif était, pour une fois, mérité – de son amie F/Z.

« J'ai un jour volé des fleurs dans le cimetière chrétien d'El Jadida, lui avait confié F/Z, à propos de rien, un soir d'été. Ça a changé ma vie. Et même : bouleversé. Entièrement. »

Hamid le polémiste intervint.

« Mon cher Ali, je voudrais soulever un point de détail, qui a son importance. Quand on évoque cet endroit paisible que nous connaissons tous, pas loin de l'hippodrome, il vaudrait mieux parler de cimetière *européen* : s'y trouvent certes enterrés des chrétiens, catholiques et protestants, mais également, sans le moindre doute, des athées et des agnostiques. On trouvait de tout parmi les Français du Maroc ; et je ne crois pas que les voltairiens eussent apprécié que tu les baptises ce soir, dans ce café, des lustres après leur mise en terre, sans même avoir l'élémentaire courtoisie d'agiter un goupillon. »

Jamal surenchérit :

« C'est exact. Pourquoi "chrétien" ? On trouve aussi, dans ce cimetière, un carré de soldats marocains "morts pour la France", comme on dit. Ils étaient musulmans ! »

Ali reprit la parole, s'efforçant au calme.

« Tout cela est bel et bon mais ça ne change rien à l'affaire ; ça n'a aucune importance. »

Nawfel interjeta nonchalamment :

« F/Z, n'est-ce pas la prof que ses élèves appellent *nasraniyya*, “nazaréenne”, parce qu'elle a le type européen ?

(— Revoilà Jésus.)

— Oui, c'est elle. Mais, bon Dieu de bon sang, cessez de m'interrompre ! On n'avance pas, comme ça. Écoutez plutôt ce que m'a raconté F/Z, ça en vaut la peine. Vraiment. »

Il se fit une tête d'acteur et posa sa voix. Il était elle – F/Z.

« Je revenais de la plage un jour d'été, heureuse, en paix avec le monde. En passant devant le cimetière *chrétien*, je vis un beau bouquet posé sur une tombe, pas loin de l'entrée. Tu sais que j'adore les fleurs. (Je ne le savais pas.) Je m'approchai du portail – puis j'entrai carrément et m'avançai. Qu'elles étaient belles, ces fleurs ! Je déchiffrai sur la pierre tombale le nom un peu effacé de la défunte – Giraud –, je me penchai sur le bouquet, pour le sentir, pour le humer ; et puis, je ne sais ce qui m'a pris, une impulsion soudaine, je m'en emparai prestement, me relevai et me dirigeai vers la sortie. Mais… »

Ali et F/Z firent une pause.

« … je n'avais pas remarqué qu'il y avait là un gardien, qui m'observait d'une guérite placée contre un mur, laquelle guérite je n'avais pas vue en entrant dans le séjour des morts…

(— *… où tant d'yeux sont clos…*)

(— Brrrrr…)

— Il en sortit promptement et m'apostropha. “Espèce de traînée, maudite hyène, voleuse, viens ici… !” Paniquée, je pris mes jambes à mon cou, d'instinct ; le voici qui se met à courir aussi. Nous cavalons, lui et moi, lui criant et moi serrant le bouquet contre ma poitrine, tout le long de l'avenue Ben Badis, à la grande stupeur des estivants, qui s'écartaient comme la mer Rouge devant Moïse. Par miracle, ce devait être des Marrakchis ou des gens de Casablanca : personne ne me reconnut et l'honneur fut sauf. Le gardien, qui devait être un gros fumeur de Favorites…

— Ça existe encore, cette marque pourrie ? »

Personne ne releva.

« … fut rapidement hors d'haleine et abandonna la course-poursuite, quitte à m'agonir d'injures dans son dernier souffle. J'arrivai chez moi sans encombre. Je mis les fleurs dans un joli vase imitation Lalique que je posai au milieu de la table de mon salon. Je le contemplai un instant, le cœur en fête, puis j'allai nourrir le chat, qui cessa enfin de miauler. La soirée fut des plus tranquilles. Je lus un peu, du Nothomb *light*, je regardai un film sur la Une – la nôtre – puis je me brossai les dents et m'en fus gésir dans mon lit, un petit recueil à la main. Je relus un poème d'Apollinaire et m'endormis rapidement. »

Hamid s'insurgea :

« On a vraiment besoin de tous ces détails ?

— Oui, rustre qui ne connais rien à l'art de la narration. Ça pose le décor, ça peint une sorte d'arrière-plan, pour mieux faire ressortir l'étrangeté de ce qui va advenir.

— Ah, parce qu'il y a de l'étrange en aval ? »

Ali haussa les épaules et continua.

« Je fis cette nuit-là un rêve inquiétant. J'étais dans ma salle de classe en train d'expliquer les intermittences du cœur à de solides enfants de paysans doukkalis quand soudain la porte s'ouvrit. La princesse de Clèves entra, pâle, translucide, sans un bruit, comme si elle glissait sur le sol ou ne faisait que l'effleurer ; et elle alla s'installer au fond de la pièce, debout, face à moi. Le regard qu'elle me jeta me fit baisser les yeux de honte. La scène changea, disparurent les petits péquenauds, nous étions maintenant à Londres, un soir de demi-brume, et la princesse était souveraine d'Égypte ; c'était surtout son regard d'inhumaine qui me troublait et la cicatrice à son cou nu. Qui l'avait blessée ? Je me réveillai en sursaut. Maudit Apollinaire.

Le lendemain, qui était un dimanche, j'allai de nouveau me promener sur la plage puis j'en revins, comme la veille, en longeant le cimetière chrétien. En passant devant le portail, je cherchai des yeux la tombe, pas loin de l'entrée. Quelle ne fut ma surprise de constater qu'il y avait là un homme d'âge moyen, un Européen, debout devant la sépulture, un peu penché, les mains jointes devant lui.

— Pourquoi était-ce surprenant ?

— Parce qu'il n'y a jamais personne dans ce cimetière, sauf à la Toussaint, où une dizaine de bénévoles, des retraités français, viennent nettoyer les tombes – et on n'était pas à la Toussaint, il s'en fallait de plusieurs mois. L'homme ne bougeait pas. Peut-être était-il en train de prier ? Je ne pouvais pas entrer, à cause de l'incident de la veille ; mais quelque chose m'empêchait d'aller plus loin. Je restai là quelques minutes, indécise, puis j'allai m'asseoir sur un banc, devant le club équestre – et j'attendis. À vrai dire, je ne savais pas ce que j'attendais. L'homme finit par sortir. Il hésita un instant, cligna des yeux puis se dirigea, à petits pas, vers la ville, donc dans ma direction. Comme il passait devant moi, il me jeta un bref regard et murmura machinalement, en français, "bonjour, mademoiselle". Au lieu de lui répondre de même, je m'entendis avec effarement lui dire :

"Que faisiez-vous dans le cimetière chrétien ?"

Surpris, il s'arrêta, hésita un peu puis me répondit :

"Je suis venu de France, comme chaque année, pour me recueillir devant la tombe de ma mère. Autrefois, je descendais à l'hôtel Marhaba mais il est fermé, aujourd'hui. J'ai maintenant mes habitudes dans une petite maison d'hôtes, dans une ruelle près de la place Gallieni."

Comme je l'écoutais avec attention, il continua :

"Voyez-vous, je suis moi-même né à El Jadida. Je m'appelle Jean-Pierre Giraud. Ma mère y a fait toute sa carrière d'institutrice. (Il sourit, d'un sourire tendre et mélancolique.) Mais elle était bien plus que cela. Elle était aussi assistante sociale, monitrice, professeur de piano... Drôle de professeur, qui ne se faisait pas payer... Elle était connue pour ça, Mme Giraud ! Elle avait aussi monté une petite troupe de théâtre... Puis-je m'asseoir à côté de vous ? Je ne peux pas rester longtemps debout.

— Je vous en prie."

Il s'assit.

"Je me souviens qu'elle montait, avec sa troupe, des pièces de Labiche, des extraits de Feydeau... c'est parfois un peu long, Feydeau... *La Dame de chez Maxim*, c'est interminable... Mais je vous ennuie, peut-être ?

— Du tout, j'enseigne le français.

— Comme maman. (De nouveau, le sourire tendre...) C'est dans l'ordre des choses, vous êtes la relève, *sa* relève. Lyautey l'avait dit : Nous ne sommes ici que pour un temps..."

Il continua à me parler de sa mère et d'un monde révolu, les yeux fixés sur la mer. Puis il se tourna vers moi et sa voix changea.

"Je dois vous dire, mademoiselle, que je suis bouleversé. J'avais déposé hier des fleurs sur la tombe de maman – et quelqu'un les a volées ! Qui peut avoir l'âme si basse ? Dérober les fleurs d'une morte... Le gardien m'en a parlé ce matin mais je n'ai pas compris grand-chose à ce qu'il disait, il parle à peine le français..." »

Ali, conteur vespéral d'un café crépusculaire, haussa la voix. Il se fit tragédien, ou -ienne, vu qu'il incarnait F/Z.

« C'est alors que je vis, avec effroi, le gardien sortir du cimetière, comme si on l'avait appelé sur scène – et il se dirigea dans notre direction. En passant devant le banc, il se tourna vers moi… et s'arrêta. Il me regarda d'un regard lourd de suspicion puis se tourna vers le Français, qui fit un petit signe de la tête, pour lui signifier qu'il le reconnaissait. La bouche du gardien s'arrondit, ses yeux revinrent vers moi, au comble de la confusion. Je soutins son regard, l'air de lui dire : "Ce n'est pas moi, la voleuse, non, ce n'est pas moi – et puis, tu vois bien, l'homme-aux-fleurs est là, à côté de moi, nous devisons paisiblement, c'est peut-être lui qui m'a offert la gerbe hier, ou peut-être est-ce moi qui la lui ai donnée, va-t'en, passe ton chemin, n'essaie pas de comprendre…" Il finit par s'en aller, grommelant quelques mots que je ne saisis pas.

Giraud le regarda s'éloigner puis reprit sa complainte, qui me mettait au supplice. Je finis par lui glisser, à mi-voix : "Peut-être est-ce le gardien lui-même qui a subtilisé les fleurs ?" (J'avais terriblement honte de mon hypocrisie, mais au point où j'en étais…)

"Pourquoi aurait-il fait cela ?

— Je ne sais pas… Pour les revendre, probablement ? Il n'y a pas de petit profit.

— Ah oui, c'est possible. Les anciens Romains disaient : *Quis custodiet ipsos custodes ?* Qui garde ces gardiens ? (Il sourit.) J'ai fait des études de lettres, comme maman."

Et comme moi, pensai-je. Il se tut un instant ; puis il me dévisagea attentivement et me dit :

“C’est curieux, j’ai l’impression de vous avoir déjà vue…”

Je me figeai. Je crus, épouvantée, que le fantôme de sa mère lui avait également rendu visite, la nuit précédente, et lui avait donné un signalement précis de la détrousseuse de cadavres. J’étais démasquée.

“Ne m’en veuillez pas de cette remarque, reprit-il, et ne croyez surtout pas que je sois un dragueur à la petite semaine – j’ai passé l’âge et je ne suis pas ce qu’on appelle *un vieux beau*. Mais votre visage ne m’est décidément pas étranger.”

Je me ressaisis. Je trouvai la force de lui dire que c’était une erreur, une fausse impression ; que je ne le connaissais pas, que je n’étais pas allée en France, à l’exception d’un petit séjour à Besançon, dans le cadre de mes études.

“Et moi, je n’ai jamais mis les pieds à Besançon, la perle du Doubs. Nous ne nous connaissons pas. C’est curieux, tout de même, cette sensation de familiarité…”

Il resta silencieux, l’air grave, comme s’il méditait quelque chose ; puis il se leva et fit un curieux petit signe de la main, comme s’il soulevait un chapeau invisible.

“J’ai été heureux de bavarder avec vous, mademoiselle – ou madame ?

— Mademoiselle.

— Peut-être nous croiserons-nous de nouveau. Je vais rester à El Jadida jusqu’à la fin de la semaine.”

Il s'en alla. Je restai tout d'abord assise sur le banc, méditant ce qui s'était passé depuis la veille, puis je rentrai chez moi, pensive.

Cette nuit-là, je fis de nouveau un rêve, mais ce n'était pas le tableau vivant d'un poème d'Apollinaire. Mme Giraud m'apparut. Frôlée par l'ombre d'une morte, je n'avais pas peur, pourtant. Nous nous trouvions dans une grande salle de bal au parquet bien ciré, des lustres majestueux pendant du plafond, un piano à queue occupant un angle. Je sus, je ne sais comment, qu'il était minuit. Mme Giraud se mit à jouer un prélude de Chopin. Des enfants apparurent, dépenaillés mais souriants, des fenêtres s'ouvrirent, entra un flot de lumière, il n'était plus minuit. Je me mis à pleurer, me souvenant du cou nu que j'avais tranché, mais elle vint me prendre dans ses bras et me dit que ce n'était qu'un mauvais rêve – Regarde, ma fille, promène tes doigts sur ma gorge, nulle couture, nulle cicatrice… Nous étions à la campagne, au Relais, du côté de Moulay Abdallah, le sol parsemé de sciure… Une petite troupe jouait une saynète, j'étais la blanche Ophélie, *flottant comme un grand lys*. Au baisser de rideau, on m'offrit des fleurs – fanées, desséchées, mortes. Je m'éveillai en sursaut.

Le lendemain, je décidai d'aller voir Jmahri, l'historien local, qui sait tout d'El Jadida – je suis une lectrice fidèle de ses *Cahiers*. Il descendit de son appartement et nous allâmes prendre un café sur la plage.

“Parle-moi de Mme Giraud, lui demandai-je.

— Pourquoi ?

— Elle m'intéresse. J'ai rencontré son fils hier." (Je n'osai lui relater mon larcin.) Jmahri regarda au loin, vers la mer. Il rassemblait ses souvenirs. Puis il me parla longuement de cette institutrice qui avait tant donné à sa ville d'adoption. Il procéda avec méthode, évoqua son arrivée dans ce qui n'était alors qu'une petite ville assoupie, ses premières années d'institutrice, son mariage avec un collègue, les nombreuses activités de bienfaisance qu'elle avait déployées dans la région, jusqu'à Zemamra et Sidi Bennour – et même : El Haouzia, où n'habitait personne, à l'époque, sinon une bande de chats faméliques…

(— Les chats sont des personnes ? grinça Hamid.)

— La bonté de Mme Giraud s'étendait jusqu'aux animaux. Quand Jmahri eut fini, je restai rêveuse. Quelle belle âme… et quelle "basse âme", comme l'avait dit son fils, que celle qui avait dérobé cette gerbe qui fleurait bon l'amour filial. Oh, mais ça ne pouvait être moi ! Non, ce n'était pas moi – n'est-ce pas le démon, celui-là même qui "les fit trébucher hors du Paradis [1]", qui nous fait commettre les mauvaises actions ? Je décidai de rester vigilante, désormais, face aux manœuvres du Malin : il ne me posséderait plus, l'infâme incube. Ce fut comme si Mme Giraud eût pris soin de moi au-delà de la tombe. Cette nuit-là, je ne sais si je fis un long rêve mais il ne m'en resta que quelques bribes, un petit

1. Cor., II, 36.

bouquet flottant à l'aventure sur la mer océane, la couvrant ici et là d'une floraison colorée, flottaison gaie et ravie dans l'azur vert, comme dit le poète.

— Un daltonien, grommela Hamid.

— Pas du tout ! s'insurgea Hicham, les anciens Grecs n'avaient qu'un seul mot pour désigner le bleu et le vert. "Azur vert" n'est pas incorrect.

— Rimbaud était un Grec – ancien et génial », chuchota Salim avec un sourire malin.

Ali By, contesté, s'impatienta.

« Je peux continuer ? Quelques jours plus tard, me dit F/Z, se produisit un événement insolite. Comme je passais place Gallieni pour acheter des biscuits Henry's à l'épicerie turque…

(— Ça m'étonnerait qu'on trouve des biscuits Henry's dans une épicerie turque.)

— … j'avisai une petite foule qui bloquait l'entrée d'une ruelle – était-ce là une "émotion populaire", comme on disait autrefois ? J'allai voir – je faillis défaillir : on sortait un homme sur une civière pour l'emmener vers une ambulance garée de l'autre côté de la ruelle, là où il y a un salon de coiffure – et cet homme, étendu sur le dos, échevelé, livide, n'était autre que le fils de Mme Giraud ! Je courus et lui pris la main. Un des infirmiers, irrité, me demanda de m'éloigner.

"C'est mon père !" m'entendis-je crier.

C'était absurde, on voyait bien que l'homme était ce touriste français qui logeait dans la maison d'hôtes de la ruelle, mais on me crut. Une vieille femme glapit :

"Oui, c'est sa fille, elle lui ressemble !

— Laissez-la l'accompagner !

— Soyez humains !"

L'infirmier me lança :

"Eh bien, montez aussi dans l'ambulance ! Vite, vite !"

Je ne lâchai pas la main de l'homme, qui avait perdu connaissance. À l'hôpital, on me demanda quel était le groupe sanguin de "mon père". Je l'ignorais – je donnai le mien : A+. On me fit attendre dans une salle sans âme, sans le moindre agrément, violemment éclairée ; puis le médecin vint me rassurer.

"C'est sans doute un malaise vagal qui a occasionné une chute, tout cela s'est traduit par une perte de connaissance sans gravité : votre père est de nouveau conscient. A-t-il subi récemment un choc ?

— On lui a volé des fleurs", répondis-je sans réfléchir.

Le docteur me regarda un instant, les sourcils froncés.

"C'est un horticulteur ? On lui a volé un camion ?

— Je ne sais pas.

— Vous ne savez pas quoi ?

— Je ne sais pas s'il est horticulteur.

— Vous ne connaissez pas le métier de votre père ?

— Nous ne vivons pas ensemble, depuis bien longtemps. (Je m'enfonçais dans le mensonge comme dans des sables mouvants.) Il est retourné en France après ma naissance. (Un temps.) C'est le fils de Mme Giraud, ajoutai-je bêtement, ne sachant que dire.

— Mme Giraud l'institutrice ? Vraiment ? C'est une coïncidence étonnante, je l'ai eue à l'école, il y a bien longtemps. Je le dirai à son fils, tout à l'heure... ou plutôt, je ne le lui dirai pas. Je me souviens maintenant : il était rentré précipitamment en France..."

Il s'interrompit et se mordit les lèvres, comme s'il se rendait compte qu'il commettait un impair. Il me fit un signe de la tête, un peu gêné, puis s'en alla. Je restai plantée là, dans le couloir. Ne sachant que faire, je me mis à marcher dans la direction qu'il avait lui-même prise. À la hauteur de la pièce où il venait d'entrer, je l'entendis dire à une infirmière :

"... oui : il avait engrossé la petite bonne de la maison... On l'avait envoyé en France, en douce, et on avait étouffé l'affaire. Et c'est sa fille qui est là, qui l'a accompagné. Il faut croire qu'il a fini par la reconnaître. Quelle histoire !"

C'est alors que je perdis connaissance et que je m'effondrai dans le couloir. »

Au Café de l'Univers, l'excitation était à son comble.

« Sapristi ! nom d'un chien ! sacrebleu ! etc.

— Celle-là, je ne m'y attendais pas !

— C'était *vraiment* son père ?

— La réalité dépasse l'affliction.

— Bigre, bon sang, fichtre, etc.

— Ouaouh.

— On dirait un film.

— Sapristi, saperlipopette, etc.

— Raconte la suite.

— Je me réveillai étendue sur un lit d'hôpital, une infirmière penchée sur moi. Assis sur le lit voisin, le fils de Mme Giraud me regardait, l'air un peu absent. "Comme on se retrouve... C'est bien vous, n'est-ce pas ? Sur le banc, hier ? Vous allez bien, mademoiselle ? Rien de grave ?" »

Hamid interrompit le récit :

« Si tu prétends qu'elle cria "Papa !" et se jeta dans ses bras pendant que des anges jouaient de la lyre et que des confettis multicolores flottaient autour d'eux, je me lève et je m'en vais. Je ne supporte pas les films égyptiens, mais le tien, c'est pire, c'est carrément Bollywood pour ados ! »

Ali continua, imperturbable :

« Un idiot irascible pourrait croire que je criai "Papa !" et me jetai dans les bras du bonhomme pendant qu'Armstrong jouait de la trompette et que des iguanes congelés s'abattaient joyeusement autour de nous. Eh bien, pas du tout. (Je raconte une histoire vraie, pas un conte de fées et de sorcières.) Je répondis froidement : "Je vais bien, merci." Je me levai et m'en allai, malgré les protestations de l'infirmière. Pour couper court, sache que je n'ai jamais revu le fils de Mme Giraud.

— Y a plus de suspense, regretta Nawfel.

— Revenue chez moi, je donnai des croquettes au chat puis m'effondrai sur le lit en sanglotant.

* * *

« Une heure plus tard, apaisée, je pris ma voiture et allai à Sidi Bouzid. Là, devant la mer, j'essayai de reconstituer le puzzle.

Les éléments, je les connaissais de longue date. 1. Je suis fille unique. 2. J'ai le "type européen". 3. Je pensais que mon père était mort quelques mois avant ma naissance, que c'était pour cela que nous n'avions aucune photographie de lui, et que c'était aussi pour cela que je portais le nom de ma mère – ne me demande pas pourquoi on croit à des choses absurdes ; parfois, on n'a pas envie de creuser. 4. J'ai été élevée par ma mère, femme d'extraction modeste, comme on dit, grâce à l'argent que nous versait régulièrement quelqu'un. Je croyais avoir été adoptée par de bonnes âmes anonymes, je comprenais maintenant que c'était Mme Giraud qui s'était occupée de moi pendant toute mon enfance et mon adolescence. Je n'ai jamais manqué de rien…

— Mais ils ne l'ont pas reconnue, cette petite née sous le bât, interrompit Jaâfar.

— Elle n'était peut-être même pas majeure, sa mère la petite bonne, supputa Nawfel.

— Laissez-le continuer », grognai-je.

Ali reprit :

« Le soir venu, apaisée, F/Z avait fait le tour de la question. En reprenant le recueil de poèmes d'Apollinaire, me dit-elle, juste avant de m'endormir, je me fis la réflexion que nous étions compatriotes, le poète et moi – mais aussi que j'étais aussi peu gauloise que lui, et que tout cela fait d'excellents Français ; puis je lus dans la postface du recueil quelques mots auxquels je n'avais pas prêté attention jusque-là, à savoir qu'il était "né de père inconnu et d'une mère déclassée". Déclassée… Je vérifiai le sens de cet adjectif dans le dictionnaire. La coïncidence m'étonna : avais-je pressenti quelque chose, quand j'en avais fait un de mes poètes favoris, à l'adolescence ?

Une dernière pensée vint me troubler. Si cet homme m'avait reconnue comme sa fille, si Mme Giraud m'avait élevée – ma pauvre mère, adolescente éperdue, dépassée par les événements, aurait sans doute accepté cet arrangement –, peut-être aurait-on fait de moi une chrétienne ? Déjà que mes élèves m'appellent *nasraniyya* dans mon dos... Mais alors, aurais-je été quelqu'un de totalement différent ? Et si j'étais devenue grenouille de bénitier, aussi sûre que Jésus est le fils de Dieu que j'étais sûre, dans ma vie actuelle, que le Coran est la parole de Dieu ? Que vaut alors une certitude si le même corps et le même cerveau peuvent avoir, dans d'autres circonstances, une certitude contraire ?

La conclusion s'imposait : aucune certitude n'est justifiée.

Je finis par m'endormir. »

Ali conclut son histoire, prêtant une dernière fois sa voix à F/Z :

« Chaque année, à la Toussaint, je me joins aux volontaires qui viennent nettoyer les tombes du cimetière chrétien. Je sais maintenant que j'ai là plus qu'une grand-mère – j'ai une amie, une protectrice... Pourquoi lui en aurais-je voulu ? “La mère ne supportera pas les conséquences de la faute commise par son fils [1].” J'ai là-bas, en bordure de mer, une âme

1. Ézéchiel, 18, 20.

sœur, avec laquelle je converse parfois la nuit, dans mes rêves, par-delà les ans – et qu'est-ce qu'un an au regard de l'éternité, où je rejoindrai un jour Mme Giraud au ciel conjoint des chrétiens et des musulmans, puisque je tiens des deux et que c'est très bien ainsi. »

# 5

# Le cambrioleur du paradis

Nawfel leva le bras, réclamant la parole.

« L'histoire de F/Z m'a rappelé quelque chose. En attendant qu'elle rejoigne sa grand-mère au ciel, je vais aussi vous parler de paradis. »

Il renifla un coup, ajusta le col de sa chemise, se mira dans la grande glace constellée de chiures de mouche ; et son reflet lui intima simplement, mâlement : vas-y !

« Ça s'est passé dans la commune de Had Ouled Frej – qu'on peut aussi nommer, par aphérèse, "Ouled Frej" –, dans les environs d'El Jadida. Imaginez la scène. Deux amis, nommons-les Lahcen et Lhouçaïn, se promenaient un soir d'automne dans cette ville, disons : ce gros village, ce bourg, dont vous n'ignorez pas qu'on y vend force vaches et taureaux lors de son souk hebdomadaire, qui se tient le dimanche. La région est connue pour sa pratique traditionnelle de la fauconnerie ; on y chasse également le lièvre à l'aide de cette race de chien qu'on nomme "sloughi"… »

Ali l'interrompit.

« Attends, c'est quoi, ça ? Tu rédiges un dépliant touristique ? »

Nawfel, irrité :

« Mais… tu disais toi-même, pas plus tard qu'hier, que la narration exige qu'on plante d'abord le décor. Je ne fais que suivre tes indications.

— Oui, mais on ne décrit pas tout un continent pour dire ensuite qu'un type, un jour, sortit d'un hangar. On peut décrire le hangar, à la limite la ferme, au maximum le hameau ; pas tout le continent. »

Nawfel haussa les épaules et continua.

« Il faut aussi noter qu'on organise dans la région de très belles *t'bourida* ; si j'étais un guide touristique, je parlerais de *fantasias*, mot inconnu chez les autochtones. Revenons à Lahcen et Lhouçaïn. Se promenant dans Had Ouled Frej, ils passent devant une pharmacie – celle qui est devant la municipalité et qui est parfois tenue par une Russe perdue là.

— Une Russe *perdula*, ça veut dire quoi ? s'enquit Jaâfar.

— Il y a quelques décennies, des dizaines de jeunes Marocains allèrent faire leurs études de pharmacie dans l'ancienne Union soviétique. La plupart sont revenus avec les œuvres complètes de Lénine dans une malle et une Slave dans l'autre – je veux dire une Slave au bras – et c'est pourquoi on trouve ici, même dans des trous perdus, de ces femmes aux yeux pâles, nostalgiques du bortsch et des blinis ; les unes fortes, musclées, tractoristes ; les autres évanescentes, filiformes, tchekhoviennes. Certaines prirent l'habitude, par désœuvrement, de tenir l'officine de leur mari pendant que celui-ci battait la campagne, c'est le cas de le dire, pour faire des affaires. (Tout cela était d'ailleurs illégal, me semble-t-il, à moins qu'Anna ou Lyudmila ne fût elle-même pharmacienne agréée, mais passons.) Et maintenant que nous avons établi l'origine de cette mystérieuse expression : "une Russe perdue là", puis-je continuer ?

— Continue.

— Merci. Devant la pharmacie, levant les yeux, les deux amis avisèrent une trappe, ou plutôt un vasistas qu'on n'avait pas fermé, juste au-dessus de la porte d'entrée. La rue était déserte, il faisait plutôt froid, les gens étaient chez eux. *L'occasion, l'herbe tendre*... Sans trop préméditer leur crime, les deux larrons décidèrent d'aller fouiner à l'intérieur de l'échoppe. ("Faut voir à voir à ç'qu'on voit.") Lahcen fit la courte échelle à Lhouçaïn, qui arriva à la hauteur de l'ouverture, laquelle il franchit après quelques contorsions dignes de Houdini ou d'un chat.

Voici notre monte-en-l'air à l'intérieur de la pharmacie. Il commença par allumer la lumière, comme un vrai pro.

Il avait vu des films sur DVD piratés, genre *Ocean 11*, *Heat*, *Heist*, etc. Il n'avait rien compris aux dialogues en anglais sous-titrés en coréen mais il avait retenu la règle *number ouane* du fric-frac : neutraliser le système de surveillance. Parce qu'il y en avait un.

— À Had Ouled Frej ?

— À.

— Continue.

— Plus fort que Pacino, plus malin que Clooney, plus rusé que le jeune Pitt – de vulgaires amateurs –, il s'y prit ainsi : il alla aux toilettes chercher de l'eau dans un broc ébréché qui traînait là et il la versa d'un jet impétueux sur la caméra, l'estimant hydrophobe, ou au moins susceptible de rouiller instantanément. Mieux : il crut que ce tsunami miniature allait aussi effacer les images déjà enregistrées, en particulier celle, très récente, où on le voyait arriver à pas de loup, l'œil torve, le rictus méphistophélique, un broc d'eau à la main, en direction de la caméra.

Ayant ainsi défait la technique occidentale grâce à son intelligence hors pair, Lhouçaïn passa à l'étape suivante : débusquer le trésor. Le coffre, curieusement, n'était pas fermé à clé. Il contenait à peu près trente mille dirhams, que notre ami empocha sans oublier de remercier Dieu de la bonne aubaine – *al hamdou lillah*. Puis il continua son exploration de la cave d'Ali Baba. C'est ainsi qu'il mit la main sur une grande quantité de psychotropes.

Il est temps de vous révéler une vérité inconvenante, mes amis : Lahcen et Lhouçaïn étaient, hélas, des drogués, des accros, des…

— On a compris.

— Lorsqu'il eut découvert les comprimés, Lhouçaïn poussa une sorte de youyou extatique. Lahcen s'inquiéta, de l'autre côté de la porte :

“Y a du bon ?

— Du mieux que ça !”

Et de jeter des comprimés à pleines poignées à travers le vasistas. Lahcen n'en crut pas ses yeux. Il se mit à quatre pattes pour ramasser sur le sol la récolte miraculeuse. Quand il en eut glané suffisamment pour passer toute une année dans les paradis artificiels, il décampa promptement, abandonnant son complice de l'autre côté des choses.

Pendant ce temps, ignorant qu'il était désormais seul face à son destin, Lhouçaïn avalait quelques comprimés, remerciait Dieu pieusement et reprenait ses explorations. Dans un petit réduit, il découvrit une bonbonne de gaz, une bouilloire, une théière et, dans un coin, du thé, de la menthe et du sucre.

“Il est temps, se dit-il, il est temps de me faire un bon verre d'*atay* ; j'ai assez travaillé. Il ne faut pas exagérer, non plus. Toute peine mérite salaire.”

Et de prendre de l'eau dans les toilettes, d'allumer la bonbonne de gaz, de couper quelques feuilles de menthe… Nous savons tous comment on prépare le thé, j'abrège.

Cependant, le téléphone de la brigade de gendarmerie ne cessait de sonner. *Driiing, driiing…* Une pharmacie fermée mais éclairée *a giorno*, des comprimés blancs épandus sur le seuil, Lahcen qui courait en zigzag de par les rues – les voisins, qui avaient eux aussi regardé des films, soupçonnèrent une tentative de cambriolage. Commotion générale. *Pin, pon, pin, pon…* Les pandores arrivèrent sur place en même temps que le propriétaire de l'officine. Ce dernier ouvrit la porte de son commerce et tout ce beau monde tomba, ébahi, sur notre malandrin assis sagement sur une chaise, l'œil rond, en train de siroter son verre de thé.

"Vous en voulez ?" demanda-t-il, poli, urbain – bien qu'on fût à la campagne.

Les gendarmes le menottèrent illico. La première question qu'on lui posa fut : pourquoi diable ne t'es-tu pas enfui après avoir cambriolé la pharmacie ?

"Hé, hé", répondit-il, éloquent.

C'est alors qu'ils remarquèrent les photos. »

Nawfel fit un signe au Maure, qu'il vînt le resservir – il buvait du jus de papaye. Il caressa le chat, qui ronronnait sous ses pieds et fit mine de se plonger dans une profonde méditation.

« Quelles photos ? trépignâmes-nous.

— Continue, nom de nom ! »

Il s'ébroua, comme s'il se réveillait d'un somme profond ; puis :

« Figurez-vous que Lhouçaïn, farfouillant dans les tiroirs du pharmacien à la recherche d'un butin, était tombé sur une grande enveloppe couleur terre d'ombre brûlée…

(— Je suis sûr qu'elle était blanche ou grise, cette enveloppe.)

(— Juste pour le plaisir de dire "terre d'ombre brûlée". Ça fait riche.)

(— Qu'est-ce qu'il peut savoir de sa couleur ?)

— … dans laquelle se trouvaient une dizaine de clichés grand format, en couleurs ; et ces photographies représentaient toutes Natasha, la femme du pharmacien, en petite tenue, ou carrément nue, dans des poses suggestives.

Je ne sais pas si elles avaient été retouchées, ces photos, ou si la Russe perdula était naturellement d'une grande beauté et avait un corps de gymnaste ; le fait est qu'il y avait de quoi affoler l'honnête pèlerin. La voici affichant sa jolie poitrine hypocritement voilée par un tissu transparent, *tétin de satin, petite boule d'ivoire* ; la voilà allongeant ses jambes au-delà du possible, vers l'infini, révélant à mi-cuisse un petit grain de beauté à faire se damner un saint ; ici était prouvé que le nombril soviétique, mutin, mignon, n'avait rien à envier au nombril capitaliste ; là, une cascade de cheveux blond vénitien se muait en chute de reins ; et puis, sur ce cliché, mon Dieu, se pouvait-il qu'on devinât, dessous le mont de Vénus, le... ; et sur cette pose, elle tournait le dos et c'était alors Vénus callipyge, le galbe rebondi des rondeurs charnues... Et puis, il y avait ses yeux... *Ô beaux yeux de cristal !* Lhouçaïn fut proprement hypnotisé. Le monde entier se réduisit à ces images, qu'il avait disposées devant lui. L'esprit embrumé par les comprimés qu'il avait avalés, buvant à petites gorgées un thé délicieux au goût d'ambroisie, le regard errant, extasié, d'un cliché à l'autre, il se récitait à mi-voix : “nous leur donnerons des houris aux grands yeux..., nous leur donnerons des houris aux grands yeux... [1]”.

Il était au paradis.

---

1. Cor., LII, 20.

Quand la porte de la pharmacie s'ouvrit, Lhouçaïn avait vécu l'extase. Il tourna les yeux vers ses frères humains, heureux, repu, par conséquent partageux, et leur tendit son verre de thé.

"Vous en voulez ?" demanda-t-il.

Le pharmacien aperçut les photos de sa jolie Moscovite dénudée. Aïe, aïe, aïe... Au comble de la confusion, il se précipita et se mit à les ramasser. Un gendarme moustachu le prit par le bras et l'interrompit.

"On ne touche à rien !

— Mais, s'insurgea le potard.

— Mais rien du tout. C'est une scène de crime et ce sont des pièces à conviction." (Le carabinier avait lui aussi visionné des films américains.)

Pendant que ses collègues embarquaient un Lhouçaïn béat, le gendarme finit de ramasser les clichés, non sans les contrôler tous d'un œil expert ; et il les mit dans une enveloppe terre d'ombre brûlée qui traînait sur un bureau. La force publique s'en alla dans un grand concert de pin-pon et de grincements de pneumatiques, comme dans *Lethal Weapon III.*

L'apothicaire apoplexait.

Le lendemain, la situation était la suivante : Lhouçaïn était dans une cellule, un sourire de bienheureux aux lèvres, revivant en boucle son ascension au paradis ; Lahcen avait disparu ; Natasha était mortifiée et pleurnichait, le mouchoir à la main, n'osant pas sortir ; le pharmacien était aux prises avec le *brigadi* :

"Il faut me rendre les photos !

— Nous vous les avons rendues, Ssi Cherkaoui.

— Trois ! Vous m'en avez rendu trois ! Il y en a encore une dizaine.

— Vous êtes sûr ? On m'a dit qu'il n'y en avait que trois dans l'enveloppe. »

Nawfel but une gorgée de son jus de papaye ; puis :

« Mais il ne s'agit là que de péripéties. L'occultation de Lahcen, les peines de cœur d'une poupée russe, l'intense trafic de photos à l'intérieur de la gendarmerie, le désarroi d'un potard... Le plus important fut l'étonnante mutation que connut la personnalité de Lhouçaïn après cette nuit mémorable. (Je tiens la chose de son cousin, un dénommé Abdelmoula, qui est mon collègue et qui m'a raconté toute l'histoire.) En fait, c'est comme s'il avait subi une métamorphose, l'ami Lhouçaïn. Avant, il était fébrile, inquiet, constamment à la recherche d'un mauvais coup, agressif... Il devint sage, serein, posé ; quand il était en compagnie d'autres gens, il étonnait par ses silences et son équanimité. On pouvait le titiller, le taquiner, voire l'injurier : il souriait et ne disait mot, comme s'il était indifférent à tout cela ; il était d'une patience sans limites...

— Ah, la patience... *as-sabr*, la grande vertu des musulmans, soupira Jaâfar.

— Et puis, surtout, il se mit à aller à la mosquée tous les jours, un petit tapis de prière roulé sous le bras.

— Vraiment ? C'est un miracle !

— Une conversion miraculeuse.

— Le chemin de Damas.

— Mais comment expliques-tu ça ? »

Nawfel répondit :

« C'est qu'il avait eu un avant-goût du paradis, cette nuit-là, le larron de Ouled Frej, grâce à son ascension nocturne par le vasistas ; le paradis, pas celui des travailleurs…

(— Bye-bye, Lénine.)

— … non, le vrai : celui où il y aura des jardins d'un vert sombre, des vergers d'arbres aux branches touffues, des palmiers, des grenadiers et puis des sources jaillissantes et des rivières de lait et de miel ; où lui, Lhouçaïn, sera accoudé sur un tapis de brocart, une coupe de vin à la main, servi sans relâche par de sveltes échansons, en compagnie de houris aux regards chastes, vertueuses et aussi belles que le rubis et le corail… »

Et de conclure :

« Lhouçaïn était toujours aussi misérable dans son bourg de Ouled Frej, sans emploi et sans dents, l'air niais et la vue basse, mais cette promesse de jouissance absolue dans l'au-delà, dont il savait maintenant qu'elle était possible, qu'elle était à portée de main, littéralement, lui permettait de supporter avec sérénité la nullité de sa vie présente, le dédain du bourgeois, l'humiliation de la pauvreté, l'insolence du pouvoir, les rebuffades des agents d'autorité, les injures des garnements et des matrones… et cette promesse lui faisait également sacrifier sans regret les quelques minables pulsions qui l'agitaient autrefois en ce bas monde ; car, comme disait à peu près Ali hier : que sont une poignée d'années de pouillerie et de pénurie au regard d'une éternité de délices ? »

# 6

## Ilham et le bandit mexicain

Hicham se leva, prenant lourdement appui sur l'épaule de Najib, son voisin de table, qui fit la grimace.

« Résumons-nous. F/Z ne savait plus si elle était chrétienne ou musulmane, Lhouçaïn vivait dans ce monde-ci comme s'il était déjà dans l'au-delà… Il me semble que les religions peuvent être source de bien des confusions. »

Il nous enveloppa d'un coup d'œil cycloïdal.

« C'est mon tour, me semble-t-il, mes amis ?

— Mais oui. Vas-y, étonne-nous, régale-nous. »

Il se gratta la tête puis le bout du nez, en faisant la moue.

« Les histoires que nous avons entendues jusqu'ici étaient proprement mirifiques…

— Ça veut dire quoi, mirifique ? demanda Salim l'informaticien.

— Voir le dictionnaire !, comme disait notre prof d'arabe.

— Non, sérieux, ça veut dire quoi ? insista le *geek*.

— Eh bien, je ne sais pas, ça veut dire époustouflant, ébouriffant, fantastique… »

Hamid le chroniqueur, se souvenant qu'il avait été dans une autre vie professeur de français, intervint :

« Ça vient des mots latins *mirus*, "merveilleux", et *facere*, "faire", qui ont donné l'adjectif latin *mirificus* : "qui fait qu'on s'émerveille".

— Bon. Je peux continuer, maintenant ? Vos histoires étaient *mirificus* et m'ont beaucoup *intéresséficus*, mais moi, je n'ai à vous relater qu'un truc plutôt banal mais qui m'est vraiment arrivé, il y a plusieurs années – et qui m'a frappé, sur le moment.

— Eh bien, raconte. Qu'attends-tu ?

— C'était l'année de la destruction de l'Irak par Dick Cheney. Je n'étais pas rentré depuis dix ans au Maroc – j'avais fait le tour de l'Europe, vendu des ceintures de faux cuir en Norvège, animé un club de tir en Finlande, dansé à Düsseldorf, fait les vendanges dans le Bordelais, curé les canaux à Delft, pris la nationalité luxembourgeoise, repeint une église en Italie, fait le cuisinier à Coïmbre, porté des valises à Ljubljana – le tout-venant, quoi.

— Ouais, on a tous fait ça dans notre folle jeunesse.

— Donc, pour la première fois au pays natal depuis une décennie, je me promenais à Casablanca, ému tout de même, humant l'air chargé d'effluves anciens qui me rappelaient des souvenirs d'enfance… Dans une ruelle de l'ancienne médina, je fus abordé, comme ça, de but en blanc, par une femme – du moins supposai-je que c'était une femme – enveloppée dans un grand linge noir qui la recouvrait toute, visage compris :

“Bonjour, Hicham !

— Euh, bonjour.”

Je restai coi, ne sachant trop que faire ; assez méfiant, du reste : et si c'était une provoc des barbus ou des barbouzes ? Peut-être que quelqu'un était en train de me prendre en photo avec cette mousmé, en supposant que c'en fût une, pour me faire chanter plus tard ? Et ne me traitez pas de parano, ce sont des choses qui arrivent.

“Tu ne me reconnais pas ?” me demanda le drap d'une voix de mezzo-soprano.

Je regardai attentivement la chose ; mais il me fut impossible de rien déduire de ce que je pouvais discerner, outre le tissu : un œil. *Un œil, tout grand ouvert dans les ténèbres*, comme dit le poète.

L'œil, indigné, protesta :

“Je suis Ilham, ta cousine !”

Ilham… Je me souvins que j'avais effectivement une cousine qui portait ce prénom – qui signifie, vous ne l'ignorez pas, “inspiration” ; mais cette muse-là était entièrement empaquetée dans son linceul – je me demande bien qui elle pouvait inspirer, à part les croque-morts et les nécrophiles.

Et puis soudain, je me rappelai très exactement qui était Ilham. Accrochez-vous, les gars ! Il se trouve qu'avant d'aller vendre des ceintures sur les marchés d'Oslo, j'avais travaillé quelques semaines à Paris, du côté de Pigalle, dans une sorte de bar olé-olé. Je préparais des en-cas, des sandwichs, des croque-monsieur dans une cuisine infecte et minuscule ; ce qui ne m'empêchait pas de jeter un coup d'œil, de temps à autre, pour regarder ce qui se passait sur scène. Souvenirs, souvenirs… Je répondis au drap :

"Ah, oui. Tu es vraiment Ilham ? Ça fait longtemps qu'on ne s'est pas vus. Euh… Tu vas bien ?

— *L'hamdoul'lah.*"

Que faire, quoi dire, face à un grand bout de tissu qui vient de louer Dieu, pour rien, puis qui s'est tu et ne semble pas décidé à s'envoler au vent mauvais qui l'emporterait *deçà, delà / pareil à la feuille morte* ? Je repris la parole.

"Euh… On va prendre un café, pour bavarder un peu, se remémorer des trucs, parler famille ?"

L'œil, sous le drap, fit un geste qui tenait de l'indignation et de l'effroi.

"*A'oudou billah !* Moi, dans un café ?"

Je me sentis vaguement ridiculisé. J'en devins instantanément agressif et murmurai, à travers mes dents serrées :

"Pourquoi pas ? Je t'ai vue danser pratiquement à poil dans un bar parisien.

— Qu'est-ce que tu dis ?

— Euh, rien… OK, si tu ne veux pas aller dans un café, lieu de perdition s'il en est, allons par là (geste), je crois qu'il y a un jardin public, le fameux Murdoch.

— *A'oudou billah !* Mais je ne peux pas me promener avec un homme dans un jardin public !

— On est cousins, non ?

— Oui, mais ça ne change rien. Tu es un homme. (Et toi un drap, nunuche.) Et d'abord, les gens qui nous regardent ne savent pas qu'on est cousins. Ils pourraient se faire des idées."

Je regardai autour de moi. Chacun vaquait à ses affaires, personne ne prêtait attention à nous, ce qui est toujours le cas à Casablanca, comme dans toutes les grandes villes du monde.

"Personne ne nous regarde.

— Oh, tu crois ça, les gens ont des yeux dans le dos, ici."

J'essayai d'imaginer ce miracle anatomique mais je n'arrivais pas à me concentrer ; et puis cette momie verticale commençait à m'irriter.

"Dis-moi, Ilham, pourquoi m'as-tu abordé si on ne peut rien faire, même pas aller prendre un verre ou nous promener dans un parc ?

— Je n'allais quand même pas passer à côté de mon propre cousin et l'ignorer complètement ? Ce ne serait pas très musulman. Ce sont peut-être des habitudes que tu as contractées à force de vivre parmi les mécréants, *a'oudou billah,* mais nous, on n'est pas comme ça. Viens donc nous voir un de ces jours. Tu sais encore où se trouve notre maison, dans le Maârif, rue des Pyrénées ?"

Je promis d'aller rendre visite à ma cousine et à ses parents en me jurant *in petto* de n'en rien faire.

Le soir-même, je demandai à ma sœur si elle savait pourquoi la cousine *Inspiración* se promenait muée en tente humaine.

“Ilham ? C’est qu’elle est devenue très pieuse. Elle fait sa prière cinq fois par jour, elle va à la mosquée tous les vendredis, elle lit le Coran et rien d’autre.

— Ah oui ? Il y a quelques années, je l’ai vue danser dans un bar, à Paris.

— Qu’est-ce que tu faisais dans un bar, toi ?

— Je travaillais dans la cuisine.

— Tu es sûr que c’était elle ?

— Certain. Et d’ailleurs, je l’ai souvent croisée dans le quartier, à Pigalle. Elle était toujours très maquillée et souvent accompagnée d’un homme ; et c’était des hommes différents. Elle n’a jamais su que je l’avais vue frétiller sur scène en costume d’Ève, elle n’a jamais su non plus que je l’ai parfois aperçue avec des pèlerins du Sacré-Cœur qui avaient l’air de s’appeler Pierre ou Luigi ou Steve, selon le soir…

— Elle te croisait sans te voir ?

— À l’époque, elle ne voyait que les touristes pleins aux as ou les provinciaux en goguette. Le genre étudiant miteux et bigleux passait sous son radar : j’étais invisible. Et c’est cette cocotte qui ne jure plus aujourd’hui que par l’imam et la mosquée ?

— Ben quoi, elle n’a pas le droit de changer d’avis ?

— Elle a vu la lumière ? *I saw the light, I saw the light…* C’est une chanson de Johnny Cash.

— Tu m’énerves avec tes chansons. Pourquoi Ilham n’aurait-elle pas le droit de changer d’avis ?”

Mon cousin Driss, qui logeait chez nous, entra à cet instant précis dans la pièce où nous discutions.

"De qui vous parlez ?

— De la cousine Ilham, autrefois inspiration dévêtue de beaucoup d'hommes, muse au cœur innombrable, et pas seulement le cœur…

— Ah, oui. Il paraît qu'elle cherche un mari", coupa Driss.

Je triomphai.

"Ah, ah ! Voilà l'explication. Elle joue les saintes-nitouches pour faire oublier qu'elle gigotait autrefois en string dans un boui-boui de Montmartre."

Ma sœur protesta :

"Qu'est-ce que vous êtes cyniques, tous les deux ! Peut-être qu'elle est vraiment devenue pieuse, par conviction. Ça s'est vu. C'est possible.

— Peut-être. Mais je t'assure que si jamais elle vient m'embêter avec ses *convictions*, je lui sors illico l'adresse du troquet où elle se trémoussait court-vêtue il n'y a pas si longtemps. Ça lui couperait le sifflet.

— Tu ne vas pas faire ça !

— Je vais m'gêner. J'ai horreur de ces gens qui font la bamboula pendant leur jeunesse et qui tiennent ensuite, l'âge venu, à nous emmieller avec *sla* et *l'ibada* – la prière et l'adoration." »

Et Hicham se rassit. Nous mîmes un temps avant de nous rendre compte qu'il avait fini de narrer.

Ce fut un cri unanime :

« C'est tout ?

— Ben oui. Je vous ai dit que c'était un truc plutôt banal mais qui m'est vraiment arrivé, il y a des années, et qui m'avait beaucoup frappé, à l'époque.

— Dis-nous au moins ce qu'il est advenu de ton cyclope de cousine dont nous commencions à apprécier l'œil.

— *L'œil était dans la tombe et regardait Caïn.*

— Aucune idée. On s'est brouillés collectivement, ma famille et la sienne, à cause d'une ténébreuse affaire d'héritage, et on s'est perdus de vue. Entièrement.

— Oh là là, tu nous laisses le bec dans l'eau, protesta Najib.

— On est déçus. »

C'est alors qu'un individu qui n'appartenait pas à notre conjuration se souleva de son siège, à quelques yards de nous, laissant là son café turc ; et il vint sans façon nous apostropher, d'une voix de baryton. Il ne ressemblait nullement à Lee Van Cleef ; il ne ressemblait à rien, *a priori*, surtout qu'il était à contre-jour.

« Permettez-moi de me joindre à vous, bande de joyeux lurons, amis futurs ; j'ai entendu, sans vraiment tendre l'oreille, votre historiette dans laquelle une certaine Ilham joue le premier rôle. »

Il sortit du contre-jour – nous nous aperçûmes alors qu'il ressemblait étrangement à Eli Wallach, le bandit mexicain bien connu, autre héros de notre jeunesse. Il se fraya d'un derrière colossal une place sur la banquette.

« Puis-je faire quelques observations ? Tout d'abord, j'ai du mal à croire que ladite Ilham se présenta à notre ami ici présent – comment vous appelez-vous ? Hicham ? –, qu'elle se présenta à lui “enveloppée dans un grand linge noir qui la recouvrait toute, visage compris”.

— Sauf l’œil.

— Les jeunes filles qui, après avoir fait les quatre cents coups, cherchent à se refaire une virginité qu’elles n’ont d’ailleurs que rarement perdue – nous nous comprenons, *gentlemen* – ne s’ensevelissent pas dans ce genre de vêtement. Personne n’ayant jamais épousé un drap – sauf peut-être au fond d’un dortoir d’internat, un soir de grande solitude –, il faut tout de même montrer que nous ne sommes pas une gorgone, une maritorne, une Fosca. Ce genre de stratégie matrimoniale suggère donc le foulard prétendument islamique, qui a l’avantage de présenter le bel ovale du visage, les yeux baissés, à la gent masculine. Certaines se maquillent – oh ! légèrement –, s’appuyant sur le hadith bien connu : “Dieu est beau et aime la beauté.” Et de mettre du rouge sur leurs lèvres et… »

Le bandit mexicain fut interrompu par l’ami Ghaleb B., qui jusque-là, selon son habitude, n’avait pas pipé mot, acagnardé dans un coin, observant, écoutant, comme un greffier ou un gros chat.

« Pardonnez-moi, cher monsieur ; il me semble que vous donnez une signification bien triviale à ce hadith, qu’on trouve dans le recueil authentique de Mouslim. L’interprétation qu’en donnent nos soufis me semble plus noble. Dois-je vous rappeler les trois étapes du cheminement mystique ? De l’initiation à l'anéantissement dans la beauté suprême, les mystiques donnent une forme dialectique aux mystères de l'ascension de l'âme vers le divin. Purification purgative, ascension illuminative, contemplation unitive… Le beau est médiateur pour accéder à la divine beauté. L'anéantissement, la fonte dans l'Être doté de la beauté, c'est-à-dire de la perfection absolue, est le but ultime. C'est une extinction dans la beauté – j'oserais dire : une extinction de toute beauté dans *la bellezza di Dio*. On est loin du banal rouge à lèvres et de l'anodin fond de teint, cher monsieur. »

Le café entier fut comme saisi par l'exégèse de l'ami Ghaleb, qui nous élevait de cent coudées au-dessus du tout-venant de la discussion usuelle. Eli Wallach resta d'abord silencieux et immobile ; puis il essaya de passer son bras dans son dos, ce qui lui fut rendu impossible par le fait qu'il était comprimé, sur la banquette, entre deux d'entre nous. Ce geste interrompu – s'agissait-il de se gratter les fesses ou de dégainer un revolver et d'abattre l'insolent Ghaleb ? – sembla le calmer. Il produisit une sorte de rictus et reprit la parole.

« Merci, monsieur, pour cette intervention d'une rare richesse – mais dont je ne vois pas, à vrai dire, en quoi elle infirme ce que j'affirmais. Les soufis ont peut-être leur propre lecture du hadith susmentionné mais les soufis, ce n'est pas comme les chats de gouttière, ils ne courent pas les rues. Reste le reste, le *hoi polloi*, le vain peuple dont je m'honore de faire partie ; et nous autres, le peuple, nous prenons le dicton au pied de la lettre. Dieu aime la beauté donc il aime cette chemise que je porte et qui est remarquablement bien taillée, constatez-le ; il aime le mont Toubkal et ses neiges éternelles…

(— … de moins en moins…)

— … il aime le nouveau modèle de Maserati…

(— Et la pin-up dessus ?)

— … il aime une jolie frimousse comme celle d'Ilham.

— Comment ça ? Vous la connaissez, bandit mexicain ? demanda Jaâfar.

— Non, mais je suppose que si elle affolait des Pierre, des Luigi et des Steve, comme la diffamait notre ami là (geste) – et à Paris, en plus, où il y a de la concurrence –, c'est qu'elle n'était pas une guenon échappée du zoo. »

Il s'arrêta pour reprendre son souffle.

« Mais j'ai une seconde observation, plus importante. Notre ami – Hicham, c'est ça ? – semblait accuser la toute gracieuse Ilham…

(— C'est dingue, on dirait vraiment qu'il la connaît.)

— … d'hypocrisie. Qu'en sait-il ? Qui peut sonder les âmes ? Van Gogh, le peintre…

(— Ne pas confondre avec Van Gogh le boulanger.)

— … avait épousé une catin repentie. Le fameux John Law offrit en 1715 aux prisonniers parisiens la liberté s'ils épousaient des prostituées qui avaient retrouvé le droit chemin – et allaient ensemble peupler la Louisiane.

(— Quelle érudition !)

(— Quelle cuistrerie !)

— Incroyable. Les gens de New Orleans sont donc tous des fils de p… ? s'ébahit Machin.

— Richard Pryor, certainement. Il s'en vante, le bougre ! s'exclama Ahmed.

— C'est à Bâton-Rouge, en Louisiane, que se commettent le plus de crimes en Amérique, nous apprit Salim l'informaticien. On voit bien pourquoi. Tous des…

— Bref, conclut Eli Wallach, vous voyez bien que dans toute l'Histoire de l'humanité, il y a eu de ces cas où une femme perdue a fini par retrouver le *sirat al-moustaqim*, le droit chemin. Et ça commence dès les débuts de l'humanité. Le livre du prophète Osée, dans la Bible, s'ouvre sur cette étrange injonction divine : "Épouse une putain [1] !" Étonnant, non ? Mais Dieu savait qu'au fond, elle avait gardé (ou retrouvé) une âme pure, Gomer, la catin en question et future épouse. Comme Ilham. Il y a là une leçon divine. Son amour pour sa femme, malgré son passé et ses fautes, fait comprendre au prophète Osée que le véritable amour est *inconditionnel* – vous entendez, messieurs ? Inconditionnel ! »

L'homme se leva assez malaisément, nous salua et s'en alla, après avoir jeté un billet froissé sur la table où refroidissait son café turc, nous laissant perplexes.

*Who's that man ?*

1. Osée, 1, 2.

Qu'est-ce qui lui avait pris d'envahir notre conversation ?

Pourquoi avait-il éprouvé le besoin de défendre la cousine de Hicham ?

Ali, qui sortait des toilettes, croisa l'homme, qui ne lui accorda pas un regard, courbé qu'il était, le portable collé contre l'oreille. Il l'entendit murmurer d'une voix dont il n'arriva pas, par la suite, quand il nous relata la chose, à décider si elle était menaçante ou graveleuse :

« Ilham ?

— (…)

— Tu es à la maison ?

— (…)

— J'arrive. J'ai quelques questions à te poser… »

## 7

## L'homme double de T'nine Ch'touka

Le bandit mexicain parti, nous nous tournâmes vers Salim. C'était son tour.

Il se fit prier.

« Je ne connais aucune histoire esbroufante. »

L'Univers résonna d'une protestation générale :

« Alors tu es bien content d'écouter la prosopopée des gants de Mme She…

— … qui ne sont pas ses gants d'ailleurs, je me demande pourquoi on a adopté ce titre…

— … l'histoire de la marcheuse du boulevard Saint-Michel, celle du fantôme de Mme Giraud, la théogonie…

— … l'ascension au paradis de l'aut' illuminé, Ilham l'œil sous le drap, etc., mais toi : rien ?

— Tu n'as rien à dire ? »

Il leva les bras au ciel.

« On se calme. Je pourrais vous raconter l'histoire de mon infortuné cousin Samir, dit "Sam", qui végète aujourd'hui à T'nine Ch'touka, mais elle n'a rien d'amusant et je ne suis pas sûr qu'on en puisse tirer une leçon ou une morale, puisque c'est là l'objectif de nos élucubrations – à propos, où est mon jus de banane ?

— Qu'est-ce qu'il a, ton cousin ?

— C'est çui qu'on appelle “le philosophe” ou “le maboul” ?

— Ah oui, je l'ai connu autrefois, moi aussi. Il portait de grosses lunettes, non ? »

Salim se gratta le lobe de l'oreille.

« On pourrait l'intituler “la malédiction de M. Bernard”, c't'histoire.

— On se préoccupera du titre plus tard. Narre, narre, commanda Machin.

— Bon, j'y vais – où est mon jus de banane ? (Il haussa les épaules.) Mon oncle Belaïd tenait à ce que ses enfants allassent à l'école française, c'est-à-dire à l'une des écoles gérées par la Mission universitaire et culturelle française. Elles étaient en principe ouvertes à tous, mais un code non écrit les réservait aux enfants des Français et des juifs marocains, ainsi qu'à ceux de certains notables locaux. La fille du gouverneur ou le fils du commissaire étaient acceptés sans barguigner. Bienvenue, mouflets !

— Que nul n'entre ici s'il n'est bien né.

— En revanche, il était plus difficile au fils d'un artisan ou d'un moujik de forcer le portail magique.

— C'est ça, remue le couteau dans la plaie, on n'a pas fait la Mission, nous…

— … justement parce que pas fils d'archevêque…

— … ou d'ayatollah…

— Mon père à moi était cordonnier. (Cri du cœur.) Cordonnier !

— Moi, *fellah* sans terre, murmura Ahmed.

— Moi... »

Salim attendit patiemment que s'éteignît le dernier brandon d'indignation ; puis :

« Mon oncle Belaïd fit le siège des endroits où l'on pouvait rencontrer le directeur de l'école Charcot. Le voilà faisant les cent pas devant le marché central, qu'on appelait à l'époque le "marché des Français".

— ... ou la halle aux poissons...

— ... Le voici passant et repassant, comme par hasard, devant le cimetière chrétien, vers la Toussaint, jour d'affluence. (Il n'y a jamais volé de fleurs, rassurez-vous.) Regardez-le flâner sans raison dans les rues ombragées du Plateau, le quartier des Français ; le voyez-vous planté devant Bata, le magasin chic de chaussures ?

(— Diantre, quel style ampoulé !)

(— On dirait une rédaction de troisième.)

— Il finit par aborder M. Bernard au moment où ce dernier sortait de chez le marchand de journaux, "en face la poste", comme disait Mme Corcos. Il se présenta d'un ton si poli, si humble même, que M. Bernard ne put que s'arrêter. Mon oncle lui expliqua d'une traite pourquoi il voulait que son fils entrât en classe maternelle à l'école Charcot. Le directeur fut stupéfait, et aussi un peu gêné, d'entendre un Marocain musulman, même pas juif, affirmer la supériorité de la culture française sur toutes les autres, y compris la panaméenne, exalter l'ouverture d'esprit et la compétence des enseignants envoyés par Paris pour assurer la fameuse "mission civilisatrice", louer l'attention portée aux activités d'éveil, totalement absentes de l'enseignement public, etc. »

Salim baissa un peu la voix :

« En réalité, Belaïd voulait pour ses enfants l'assurance d'avoir plus tard un métier stable, une carrière, une vie plus facile que la sienne, laquelle tenait plus de l'oued boueux et impétueux que du long fleuve tranquille. Ce qu'il disait sur ce trottoir à M. Bernard n'était pas un mensonge, non, je ne dirais pas ça ; mais, faisant flèche de tout bois, il exagérait peut-être ses sentiments.

Le directeur, debout sur le trottoir, le journal sous le bras, coupa court et demanda à Belaïd de venir le voir à l'école, le lendemain à la première heure, avec son petit garçon.

— Bravo ! L'obstination, ça paie, interjeta Ali.

— Victoire ! cria Hamid.

— Victoire, mes fesses. Écoutez la suite, bande de niais. Le lendemain, le gamin fut lavé à grande eau dans une bassine posée au milieu de la cour, sa mère le frotta avec un gant de crin jusqu'à lui arracher des cris de douleur – il faut souffrir pour être beau – puis elle renversa sur sa tête une bouteille d'eau de Cologne espagnole achetée la veille dans une venelle obscure. Belaïd saisit la menotte de son héritier et ils marchèrent tous deux, d'un pas martial, jusqu'à l'école française, sur le Plateau.

Un chaouch réticent les fit entrer dans l'auguste bureau de M. Bernard. Celui-ci les regarda en plissant les yeux, la bouche en cul de poule, genre "qu'est-ce ? de quoi s'agit-il ?". Il semblait avoir oublié la rencontre de la veille, devant le marchand de journaux, mais il se ressaisit vite et les fit s'asseoir.

"'ssoyez-vous, monsieur, et toi aussi, mon garçon."

Un moment de silence s'ensuivit. L'enfant, assis, regardait obstinément ses souliers, qu'il n'avait pas remis depuis la fête du mouton pour ne pas les user. Le père regardait le directeur, d'un air de supplication sourde ; le directeur, perplexe, regardait Samir minuscule.

(— Ç'aurait fait un beau tableau.)

(— Réalisme socialiste.)

(— "Le prolétaire et l'enfant dans le bureau du maître d'école." »)

Salim nous présenta les paumes de ses mains, les bras levés, comme s'il incarnait le Christ, exploit double dont il n'était pas coutumier – dans le civil, il était informaticien, un peu terne, taiseux, taciturne.

« Amis, essayons d'imaginer ce qui passait dans la tête de M. Bernard. »

Il baissa les bras, croisa les mains devant lui puis se mit à parler d'une voix sourde, censée représenter, nous le comprîmes en chemin, « la voix de la conscience » du directeur d'école.

« "Voilà. Nous y sommes. Ce gamin ne se doute pas qu'il vit en ce moment l'instant le plus important de toute son existence. Il est, très exactement, à la croisée des chemins. Deux voies s'ouvrent devant lui et il n'en sait rien. *Deux routes divergeaient dans un bois jaune...* Tout dépend de moi. Il ne sait pas qu'en ce moment même, il a cessé d'exister. Cet enfant est mort. Dans deux minutes, au moment où je vais annoncer ma décision, un *alter ego* va se substituer à lui dans ce petit corps chétif et personne ne verra la différence. D'ailleurs, il n'y aura pas de différence, pas tout de suite. Ça commencera dès la rentrée. Il aura Mme Gobert comme institutrice. Elle lui apprendra un mot, puis un autre ; des mots français, *bien d'chez nous.* Si j'avais décidé de dire non, il serait allé à l'école marocaine... l'école coranique, le *m'sid,* vu son âge."

M. Bernard eut la vision de deux enfants en tout point semblables mais habillés différemment, l'un en costume européen, l'autre en djellaba blanche. *Deux frères ennemis...*

"Donc, Mme Gobert apprendra au petit monsieur les rudiments du français, ceux-là mêmes qui lui permettront plus tard de lire Voltaire, Rousseau, Hugo, Breton... Au même moment, le petit sidi serait en train d'apprendre le Coran par cœur, si j'avais décidé de dire non. Dans vingt ans, le premier sera un homme fait. Il citera les classiques français, il sera rabelaisien les jours de rigolade, cartésien lorsqu'il le faudra, voltairien par bravade... Le petit sidi mort-né, il serait peut-être devenu imam, qui sait ? Il dirait la *charia,* il aurait une femme ou peut-être deux, soumises et qu'il enfermerait à clé lorsqu'il quitterait la maison. Mon petit hexagonal sera, lui, en ménage avec une femme qui lui ressemble, un peu moins anguleuse, toutefois ; une Française peut-être, puisqu'il ira, bien sûr, continuer ses études en France, à Bordeaux ou Nancy ou Paris... Peut-être ne reviendra-t-il jamais ? Un premier stage, un premier boulot, et puis on achète une voiture puis une maison avec un crédit de vingt-cinq ans... On s'enracine... Ginette ou Fatima bientôt grosse de leur premier bébé... Il y en aura d'autres, ça pépiera, ça lira *Oui-Oui et le taxi jaune* – et tout cela fera d'excellents Français... Et maintenant que j'y pense, leurs enfants aussi seront totalement différents des enfants qu'aurait eus le petit sidi s'il avait suivi l'autre voie, et leurs petits-enfants aussi, et les enfants de leurs petits-enfants, jusqu'à la consommation des siècles. Plus rien à voir avec les Doukkala, des milliers de néo-Savoyards ou de Berrichons nés grâce à moi... à cause de moi... Vertigineux ! J'aurais à moi seul repeuplé un coin de France..."

Le directeur regardait le petit gamin avec épouvante.

"Mon Dieu, quelle responsabilité ! J'aurais mieux fait de me casser une patte hier, je n'aurais pas rencontré son père en ville. (Il ne savait pas qu'il avait été pisté, suivi, débusqué...) Bah, il m'aurait coincé ailleurs. (Ah, tiens.) Mais qu'est-ce qui m'arrive ? Pourquoi ne me suis-je jamais posé cette question avant ? Pas plus tard que la semaine dernière, j'ai admis le fils du pacha et celui du juge Fatmi. Ah, mais pour eux, j'avais les instructions de l'ambassade et du conseiller culturel. Je pouvais m'en laver les mains. Celui-ci, c'est mon affaire. Je suis *embarqué.* (Ah, Pascal, que je lui mets aussi dans les jambes, tôt ou tard… sombre et génial…) Je suis embarqué. Que disait Sartre ? *Seuls les actes décident de ce qu'on a voulu…* Ce gamin sera encore plus mon fils que le fils de son père, mais celui-ci ne le comprendra jamais."

Il se tourna machinalement vers le père Belaïd, qui bêlait presque, le fixant d'un regard où l'espoir et l'imploration se mêlaient. Soudain, le directeur s'entendit dire :

"Eh bien, monsieur Bel-aide, vous avez été convaincant hier, nous prendrons le petit Samir chez nous."

Il se pencha vers l'enfant et lui sourit.

"Tu seras bon élève, n'est-ce pas ?" »

Salim reprit sa voix normale.

« Sam ne répondit rien. La tête baissée, il regardait ses souliers. Ils lui faisaient atrocement mal. Il ne savait pas que sa vie venait de bifurquer là. Violemment. »

Machin interrompit Salim :

« Ça me rappelle l'histoire de F/Z… Si son père biologique l'avait reconnue, si Mme Giraud l'avait élevée, elle aurait eu une tout autre vie, elle serait peut-être devenue chrétienne, certaine que Jésus est le fils de Dieu… Moralité : que vaut une certitude si le même cerveau peut avoir une certitude contraire, dans d'autres circonstances ? »

Salim avait écouté patiemment Machin.

« Tu as parfaitement raison. Et ce n'est pas pour rien que je raconte cette histoire. »

Il avala une gorgée de jus de banane.

« La suite fut conforme à ce qu'avait prédit M. Bernard. L'enfant apprit à lire et à écrire en français, il y excella rapidement parce qu'il était très éveillé et appliqué. Quelques années plus tard, il ne s'exprimait plus que dans la langue de Hugo. En fin d'adolescence, il citait effectivement les classiques français, avec une préférence pour La Fontaine : la raison du plus fort est toujours la meilleure ; rien ne sert de courir, il faut partir à point ; tel est pris qui croyait prendre ; il ne faut pas avoir les yeux plus gros que le ventre ; tout flatteur vit aux dépens de celui qui l'écoute, etc. Tout cela fait, qu'on le veuille ou non, une morale personnelle et portative – une *identité*. “Qui suis-je ?” demandait Breton ; eh bien, la somme de ces sentences, cher André. Ainsi tu vois le monde, ainsi tu es. “Qui je hante ?” Ces fantômes du passé, qui me disent quoi penser.

(— Il cache bien son jeu, Salim.)

(— On croyait que c'était un *geek* sans culture.)

(— Mais non, il s'est mis à lire récemment, après son mariage avec un bas-bleu. Ghita, la normalienne.)

(— Ah oui, d'accord.)

— Dix ans et quelques plus tard, après un passage par le lycée Lyautey de Casablanca, le bac en poche, notre ami s'envola vers la France, où il fit de solides études d'ingénieur. Il apprit à apprécier le bon vin et la gastronomie, charcuterie comprise ; comme l'avait prévu le directeur de l'école Charcot, il était "rabelaisien les jours de rigolade, cartésien lorsqu'il le fallait, voltairien par bravade"... ou plutôt par conviction. Il se maria avec une Ginette – elle s'appelait Audrey, en fait, mais bon : Ginette ce sera, restons dans le cliché. Cela dit, et contrairement à ce qu'avait prédit M. Bernard, Samir ne repeupla pas à lui seul la Savoie. Il revint au pays avec sa femme et deux fils, Ilyas et Adam, et trouva à s'employer dans l'administration du port de Casablanca. Sa femme obtint un poste de surveillante au lycée Maïmonide, dans le quartier Bourgogne – "Borgone" pour les chauffeurs de taxi. Ils prirent un appartement dans le Maârif, inscrivirent leurs deux garçons à la Mission et... »

Salim s'interrompit pour tremper ses lèvres dans son jus de banane. Il fit la grimace, puis continua.

« Il mena une vie d'une grande banalité pendant quelques années – auto, boulot, Ginette, dodo. Puis il rencontra le fameux Karim M., le terroriste qui ressemblait à Frank Zappa. Ce "cheikh Yerbouti" moins drôle que l'original était un expert en explosifs qui allait jouer un rôle essentiel dans les attentats du 16 mai 2003 à Casablanca. Son nom a également été cité après les attaques du 11 mars 2004 à Madrid...

— On sait tout ça, l'interrompit Hicham.

— Ouais... Ce que vous ne savez pas, c'est que l'itinéraire de Karim M. ressemblait étrangement à celui de Samir, sauf que le terroriste était né à Rabat dans une famille de la classe moyenne, père commerçant, et surtout : mère française. Mais oui. Il avait fréquenté le lycée Lyautey, comme Samir. Ses condisciples gardent le souvenir d'un garçon discret, "cool", qui ne montrait pas un intérêt particulier pour la religion. D'ailleurs il buvait volontiers de la bière et mangeait de la charcuterie. L'été, il s'amusait avec des jeunes de son âge du côté de Cabo Negro, dans le Nord, sur la côte méditerranéenne...

— On sait où se trouve Cabo Negro.

— Karim M. obtint le bac en 1987. Il se maria avec celle que les journaux baptiseraient un jour "la veuve noire", avec laquelle il aurait deux garçons. Puis arriva le, comment dire ?... la *disjonction*. Ce jeune homme à moitié français – entièrement français, en fait, dans sa façon d'être, d'agir, de penser – traversa une sorte de crise existentielle. "Qui suis-je ?" Il s'appelait quand même Karim M., et non Gonzague de la Rochefoucault, et il était né dans l'Empire chérifien et non en République laïque. Au lieu de faire à ce genre d'interrogation ("Qui sommes-nous ? D'où venons-nous ? Où allons-nous ?") la sage réponse de l'humoriste ("Je suis moi, je viens du bar et je vais à la maison"), il crut la trouver dans le Coran – ou plutôt dans la lecture la plus crasse, la plus bornée, la plus stupide du Coran. C'est ainsi qu'il partit pour la Bosnie puis pour l'Afghanistan, où il rencontra de grands humanistes du genre Abou Qatada (ça sonne comme une rafale de mitraillette...) ou le capitaine Crochet ou Cheikh Hamza le Bosniaque, qui l'initièrent au djihad...

— Tout cela est déprimant, en fait, s'agaça Ahmed le mathématicien. On en a un peu marre de ces vies d'illuminés… Résume, résume. Où est passé Samir ?

— Tu as raison. Oublions Karim M. et sa veuve sinistre. Samir rencontra donc le futur terroriste au moment où celui-ci ne faisait qu'aborder le tournant radical qui allait changer sa vie. Ils eurent de grandes discussions. Petit à petit, Samir remit en question toutes ses certitudes. Il ne versa jamais dans le djihadisme mais plutôt dans une sorte de folie qu'on pourrait caractériser ainsi : il crut qu'il pourrait revenir sur ses pas. »

Salim se tut, considéra son jus de banane d'un œil circonspect, puis nous dit :

« Votre absence de réaction m'incite à croire, amis inertes, que vous n'avez pas bien saisi ce que je viens de vous dire : il crut qu'il pourrait revenir sur ses pas.

— Ouais, et alors ?

— Alors, il ne s'agit ni plus ni moins que de la tragédie humaine, de sa principale caractéristique : *on ne revient jamais sur ses pas.* C'est ça, la vraie malédiction divine. Le poète le pressent mais il veut encore s'illusionner : "Je gardai pour une autre fois la voie que je n'avais pas prise / mais comme je savais qu'à la route s'ajoutent d'autres routes, puis d'autres, puis d'autres encore / je doutais de revenir un jour." Mais il n'y a pas à douter, monsieur l'aède, c'est une certitude, la plus désespérante de toutes : *on ne revient jamais.* Quand on a lu un livre, on ne peut pas le dé-lire. Quand on a bu…

— Qui a bu, boira…

— … on ne peut pas dé-boire.

— Délires, déboires…

— Mais cela, Sam ne le savait pas. Il voulut tuer en lui la marionnette – le Français. Ce fut son djihad personnel ; il commença par jeter tous ses jeans, ses caleçons Calvin Klein…

— Les choses étant ç'caleçon…

— … ses pantalons de Tergal…

— Ça existe encore, le Tergal ?

— … ses chaussures, ses chemises et ne s'habilla plus que d'un *qamis* blanc et de sandales Birkenstock, à l'imitation du Prophète et de ses pieux compagnons. Je suppose que Ginette fronça le sourcil, peut-être même tiqua-t-elle. Il se mit à apprendre l'arabe classique et prétendit ne plus user que de ce bel idiome. Ginette tiqua de plus en plus…

(— Tic-a-tic-a-tac.)

— … et quand il prétendit lui imposer le port du voile, elle l'envoya balader du côté de Médine. Quand il se mit à la traiter de mécréante, elle prit ses cliques et ses claques, ainsi que ses enfants, et se rapatria d'urgence en doulce France, cher pays de son enfance. On crut que Sam allait se battre pour récupérer sa descendance – on le crut à tort, parce qu'il s'était engagé dans un autre combat, fort douteux : contre lui-même. Certains mènent un vain combat contre le monde, lui s'attaqua *à l'autre en lui*.

(— !)

(— Impossibilité logique.)

— On le voyait errer dans les rues du Maârif, soliloquant ou dialoguant, on s'y perdait, à voix basse : "Tais-toi, mais tais-toi, nom de Dieu, je ne suis pas cet homme, Dieu est grand, sauve-moi... Ne me parle pas, toi, non, je ne veux pas de cette musique, tu me la faisais écouter autrefois, c'est le rot du diable, son dégueulis, la voici qui résonne dans ma tête... Je ne veux pas t'entendre, ne me parle pas en français, tais-toi..."

Parfois on le voyait piquer un sprint dans les rues du Maârif, en agitant les bras au-dessus de sa tête. Je crois qu'il tentait de se fuir, de se semer... On ne savait pas s'il fallait en rire ou en pleurer.

Triste histoire. On finit par l'expulser de son appartement, dont il ne payait plus les traites, et il fut recueilli par son oncle, à T'nine Chtouka. À l'hôpital militaire de Rabat, le colonel Chebani, le fameux psychiatre, lui diagnostiqua, entre autres maux, un dédoublement de la personnalité. On ne pouvait poser diagnostic plus juste : en lui se colletaient deux pauvres bougres, un Français en voie de dislocation et un "sidi", comme disait M. Bernard, malformé, tout juste ébauché, un avorton – mais qui voulait vivre. »

C'est alors qu'un gus qui n'appartenait pas à notre coterie dégringola de son perchoir, à quelques toises de nous, semant alentour ses graines de tournesol ; et il vint nous haranguer d'une voix de poissonnière. Il ressemblait étrangement à Franco Héros, ce Nero de notre jeunesse.

« Messieurs, pérora-t-il, j'ai tout entendu. Quelle triste affaire... Je n'ai que deux observations à faire – deux ajouts, avec votre permission. La première, je l'ai lue il y a quelque temps dans *Le Matin du Sahara* : la proportion de schizophrènes parmi les adolescents européens d'origine maghrébine est cinq fois plus élevée que parmi les adolescents "de souche". Étonnant, non ? Et même : choquant. Et si le cas de votre Sam expliquait une partie de cette aberration ? Deuxième observation : la morale de cette histoire a été d'emblée donnée par votre ami le conférencier. Je la réitère, pour les reîtres et les oublieux : *on ne revient jamais sur ses pas.* Malédiction divine, a ajouté Samir. Je ne sais pas ; je ne suis pas théologien. Mais c'est effectivement l'un des traits les plus fondamentaux de la condition humaine. »

Il salua :

« Sur ce, permettez-moi de m'éclipser, messieurs, j'ai d'autres cafés à hanter. On m'appelle Terminator – l'homme qui termine les fables, les anecdotes et les contes philosophiques en en tirant la substantifique moelle, l'ultime sucée de sens.

— Nous te connaissons, Terminator...

— ... et sous d'autres guises encore.

— Nous t'avons rencontré en d'autres lieux : chez le coiffeur, dans un compartiment de train...

— ... dans des salles d'attente.

— Oui, amis, oui : c'est moi, toujours moi, parcourant les espaces infinis, pensif, sentencieux, offrant partout des conclusions. »

Il salua de nouveau – et s'en fut vers son destin, semant quelques graines de tournesol derrière lui.

« Belle sortie, grinça Ali By, mais je crois que Totor a raté sa conclusion. J'en propose une autre. Permettez-moi de contraster la folie de Sam et la sage résolution de *ma* F/Z. Elle a accepté d'être double, elle a considéré comme une richesse d'être fille de cette terre et petite-fille de Mme Giraud ; moyennant quoi, elle se porte très bien, merci pour elle. Sam, en revanche, courait dans les rues du Maârif, échevelé, dément, pour sortir de sa peau, pour n'être plus lui : chose impossible, qui ne peut finir que par le suicide ou la mort. Je propose donc une autre morale pour cette histoire.

— Dis-nous.

— Parle !

— La voici : acceptons toutes les facettes de ce que nous sommes, appelons ça *être une personne*, et disons fièrement, comme Ulysse et Terence Hill, ces deux héros de notre jeunesse : *mon nom est Personne.* »

# 8

## L'horreur philosophique

L'intervention intempestive de Terminator et celle, plus posée, d'Ali By nous avaient rendus momentanément pensifs et silencieux. Ce fut Najib qui sortit le premier de la torpeur ambiante.

« Dis-moi, Salim, ôte-moi d'un doute. Sam, l'homme double de Ch'touka, c'est bien ton cousin ?

— Oui.

— Et pendant qu'il glissait vers la démence, tu n'es pas intervenu ?

— Le moyen de raisonner l'homme qui déraisonne ? Je me souviens en particulier d'une de nos discussions. Je paraphrase, bien sûr.

Lui :

"Sans Dieu, rien n'a de sens."

Moi :

"Avec Dieu, rien n'a de sens non plus. Si l'univers n'a pas de sens, alors [l'univers + Dieu] n'en a pas davantage.

— Horreur ! Tu blasphèmes !

— Regarde ce monde qui est le nôtre. En première approche, il y a quoi ? Des atomes, des électrons, des particules élémentaires. Tout ce qui existe est constitué de particules élémentaires. À ce niveau, rien n'a de sens : les particules existent – c'est tout ce qu'on peut en dire. Permets-moi une citation : 'Il faut avant tout se baigner dans cet éther sublime de la substance unique, universelle et impersonnelle, où l'âme se purifie de toute particularité et rejette tout ce qu'elle avait cru vrai jusque-là, tout, absolument tout' [1].

— Continue.

— Ces particules sont liées entre elles par des forces, elles évoluent selon des lois… C'est le deuxième plan : nous parlons encore de tout ce qui existe mais il y a maintenant *un certain sens* dans tout ça. Mon électron, mon photon, ils vont par ici et non par là. Cet infini petit machin dont je ne sais même pas comment les physiciens le nomment, un muon, un truon, un gloupion, il existe pendant exactement un millionième de seconde ou peut-être cent milliards d'années, mais tout cela est défini par des lois, les lois de la nature, de la physique. C'est là *le sens*, si l'on veut, de l'univers.

— C'est très impersonnel…

— Passons au troisième niveau. La vie apparaît, des bactéries d'abord, des micro-organismes, des algues, des petits animaux. Ici, il y a aussi du sens, à peine plus compliqué que les lois de la physique :

1. G. W. F. H.

*pour que la vie continue, tout ce qui la favorise a un sens.* On pourrait s'en tenir là : après tout, l'homme n'est qu'une forme de la vie comme une autre.

— Pas d'accord.

— Si on veut absolument distinguer *Homo sapiens* de la souris ou de la fougère, on peut introduire un quatrième niveau, celui de l'homme. Quel est, ici, le sens ? D'abord, tout ce qui préserve la vie, comme dans le cas des autres bêtes...

— Et ensuite ?

— Eh bien, justement, *il n'y a pas d'ensuite.* Il n'y a qu'illusion. Il n'y a qu'une extraordinaire mise en scène, où les choses n'ont jamais l'air de ce qu'elles sont. Par exemple, nous sommes réputés pour notre sens de l'hospitalité. Noble qualité... mais sais-tu pourquoi nous sommes comme ça ? C'est à cause du sang bédouin qui coule dans vos veines. Un homme seul, dans le désert, ne survit pas deux jours. Si le Bédouin s'aventure au-delà de sa tribu, s'il se perd, il ne survit que si tous ceux qu'il rencontre l'accueillent sous leur tente, le nourrissent, le soignent s'il est blessé, etc. S'il n'y avait pas cet extraordinaire sens de l'hospitalité, les Bédouins seraient tous morts depuis longtemps et on ne serait pas ici, toi et moi. Tout ce qu'on croit supérieur au troisième niveau y revient, en fin de compte : ça s'appelle le darwinisme.

— C'est ça, être rationnel, analytique, intelligent ? C'est du cynisme.

— Parce que je dis les choses comme elles sont ? Toi, tu as besoin de croire en des fables où les gens ont le sens de l'hospitalité comme ça, sans raison –

ou parce que Dieu les leur attribue, par caprice. *L'asile de l'ignorance...*

— Comment peux-tu être heureux si tu vois les choses ainsi ?

— Mon cher Sam, ne t'en fais pas pour moi, je suis parfaitement serein. Mais toi, pourquoi as-tu besoin de croire en des fables ? Parce que tu ne pourrais pas vivre sans ce cocon terriblement... terriblement enchevêtré dans lequel tu es bien au chaud."

Sam :

"Si je comprends bien, on est au comble de la lucidité quand on fixe le néant ? Mais alors, qu'est-ce que j'ai à gagner là-dedans ? Au bout du chemin, il y a la froide révélation que rien n'a vraiment de sens ?

— Tu préfères vivre dans l'ignorance et l'illusion ?

— Ce que tu appelles ignorance et illusion, c'est ma foi. Ta pensée occidentale, elle débouche sur quoi ? Le néant.

— Non : il y a la science.

— À quoi sert d'aller sur la Lune si c'est pour s'y suicider ? Si c'est ça l'aboutissement... Je préfère revenir à la foi de mes ancêtres."

Bref, mes amis, c'est ce genre de discussion que j'ai eu avec Samir. Un dialogue de sourds. »

Tout d'abord, nous restâmes qui silencieux, qui morne, qui placide, qui taciturne, qui endormi, qui sorti fumer une cigarette, qui réticent, qui quiet, qui coi, qui aphone, qui insonore, qui pas là ; puis ce ne fut qu'un cri :

« Marre de la philosophie ! »

Ce hennissement, ce braiment résonna dans le café, dans le quartier, dans la ville et l'orbe, dans la région ; peut-être même dans tout le pays. Il alla réveiller de douloureux souvenirs…

[Extrait d'un article de journal datant de juillet 2018 : « Honnie par le pouvoir, diabolisée par les conservateurs et les islamistes, la philosophie a été vivement combattue sous Hassan II. Tantôt associée à l'athéisme, tantôt soupçonnée de nourrir des idées subversives, elle est morte de mort lente, au grand bonheur des islamistes, qui n'ont pas manqué de s'engouffrer dans la brèche dès les années 1970, érigeant leur idéologie sur les vestiges de la discipline "ennemie" – qualifiée d'*essence de la dégénérescence* par les manuels d'éducation islamique. Et c'est ainsi qu'on rendit tout un peuple stupide, à quelques exceptions près. »]

Mais ce n'était pas dans ce douloureux conflit que nous inscrivions notre beuglement – nous n'avions rien, au contraire, contre l'amour de la sagesse. Simplement, nous commencions à avoir un mal de crâne de proportions bibliques, et c'est pour cela que nous mugîmes derechef :

« Marre de la philosophie !

— Racontons des histoires amusantes ! »

# 9

# Jamila et le brigadier

« Si vous en avez assez de la philosophie, alors l'histoire de Jamila et du brigadier ne pourra que vous plaire. Sortez vos mouchoirs et laissez là le cynisme. »

Ahmed le mathématicien s'était levé. Nous nous calmâmes illico. Braiments, hennissements et mugissements s'estompèrent ; après tout, nous n'étions pas au souk à bestiaux de Ouled Frej. Un peu de dignité, messieurs.

« Connaissez-vous Jamila ?

— Oui.

— Non.

— Je crois…

— C'est qui ?

— C'est ta cousine ?

— C'est la fille du Libanais ?

— C'est celle qui a des yeux ?

— Imbécile, tout le monde a des yeux.

— Je veux dire : de grands yeux noirs ? »

Ahmed leva les deux bras, comme s'il allait nous sermonner sur la montagne.

« Peu importe. L'histoire que je vais vous narrer débute sur un rond-point.

— Ça va aller dans tous les sens, ricana Jaâfar.

— Ha, ha, très drôle. Plus d'interruptions, s'il vous plaît. Donc : Jamila, ma cousine, arrivait de Harhoura dans sa voiture, une Fiat datant d'Enrico Berlinguer, en direction de Rabat ; et elle eut la mauvaise idée de prendre le rond-point dans le mauvais sens. Ça a l'air d'une blague, ça semble techniquement impossible ; mais à Jamila, distraite, insouciante, genre "grande dame évaporée", rien n'était impossible. Heureusement qu'il n'y avait pas un chat, à c't'heure-là, sur la chaussée. Elle n'emboutit aucun véhicule, n'écrasa personne, n'effraya pas seulement un mulot. Cela n'empêcha pas un agent de police, qui l'observait de loin avec un étonnement grandissant, de souffler énergiquement dans son sifflet et d'arrêter le tacot rital dans son élan.

"Alors vous, alors, ouaouh, vous alors, alors…, s'étrangla-t-il.

— Qu'y a-t-il, mon bon ?

— Huit ans de service à la circulation, huit !

— Félicitations. Vous voulez une médaille ?

— Et en huit ans, je n'ai jamais vu quelqu'un prendre un rond-point à l'envers !

— Et vous ne verrez pas ça de sitôt. La chose est impossible."

L'agent suffoqua :

"Mais si, mais oui, mais vous, mais là !

— Moi ?"

Elle regarda autour d'elle, un sourcil relevé en point d'interrogation.

"Vous êtes sûr que ce n'est pas votre rond-point qui est dans le mauvais sens ?

— Que..."

L'argousin, devenu pourpre, renonça à discuter. Il sortit un carnet de sa poche et griffonna furieusement dedans ; puis il arracha la feuille sur laquelle il venait de consigner l'incident et la tendit à Jamila, qui la considéra avec méfiance sans la prendre.

"Que m'allongez-vous là, monsieur l'agent ? J'espère que vous ne me faites pas une proposition malhonnête.

— C'est une contravention de trois cents dirhams. Montrez voir vos beaux billets !

— Vous voulez mater mes beaux quoi ? On est de plus en plus dans la proposition malhonnête, je le crains. Vous n'avez pourtant pas l'air d'un satyre.

— Payez l'amende, madame, sinon vous resterez ici jusqu'au retour conjoint du *mahdi* et de Jésus.

— Eh bien, on aura de la compagnie.

— Je commence à perdre patience.

— Mieux vaut ça que perdre ses clés.

— Allez-vous payer, oui ou non ?

— Hélas, non. Monsieur l'agent, avec la meilleure volonté du monde, je suis bien incapable de payer quoi que ce soit. Vous pouvez garder votre billet doux. Il se trouve que j'ai oublié mon sac, avec mon portefeuille et mon porte-monnaie dedans, chez ma belle-sœur H'nia, à Harhoura. Je venais de m'en apercevoir quand votre rond-point eut la mauvaise idée de se faire enfiler à l'envers par mon auto.

— Allons donc ! Vous voulez me faire croire qu'une dame comme vous se balade sans le sou ?

— Le sou, il est resté dans le porte-monnaie, chez H'nia ma belle-sœur, comme je vous l'ai expliqué. Présentement, je suis aussi pauvre que not' bon prophète Ayyoub."

Le brigadier mit un bon moment avant d'admettre cette réalité insolite : une bourgeoise démunie. Un bel oxymore. Il gronda :

"Alors, qu'est-ce qu'on fait ? Si vous ne payez pas, c'est moi qui devrai le faire puisque j'ai déjà inscrit la contravention dans mon carnet avec papier carbone.

— Malheureux, nous sommes dans de beaux draps… Et que ça ne vous donne pas des idées, hein ! Bon, je vais réfléchir. Attendez."

Jamila cogita quelques instants. Puis :

"Vous avez des enfants, monsieur l'agent ?"

L'autre, interloqué :

"Oui, deux petites filles, mais…"

Jamila, péremptoire :

"Eh bien, c'est décidé, elles viendront passer une semaine de vacances chez moi, à El Jadida, nourries, logées, blanchies – pour compenser l'amende. Vous gagnez au change, d'ailleurs. Notez mon numéro de téléphone.

— Je…

— Eh bien, qu'attendez-vous ? On n'a pas que ça à faire. Notez ! Notez !"

Ahuri, dépassé, le policier inscrivit dans son carnet les chiffres que lui dicta Jamila. Il avait encore la bouche grande ouverte quand la bourgeoise disparut à l'horizon avec la Fiat de Berlinguer, dans le crépuscule embaumé.

* * *

Quelques semaines plus tard, le téléphone de Jamila sonna. Elle décrocha.

"Madame Louafi ?

— Elle-même. *Ch'koune m'aya ?*

— Je suis le brigadier Tibari. Vous vous souvenez ? Du côté de Harhoura ?"

Elle réfléchit un instant.

"Ah, oui. Ça me revient. Le rond-point mal foutu. Vous l'avez réparé ?

— Madame Louafi, cela fait des semaines qu'une question me taraude.

— Dites, brigadier, dites.

— Lorsque vous m'avez proposé que mes enfants viennent passer une semaine chez vous à El Jadida en lieu et place du paiement de la contravention… étiez-vous sérieuse ?

— Je suis toujours sérieuse, brigadier Tibari. Ai-je l'air d'un clown ? M'avez-vous jamais vue au cirque Amar ?"

L'autre se tut.

"Allô, allô ? L'brigadi ? Z-êtes encore là ?

— Oui, je suis encore au bout du fil. Mais j'ose à peine continuer…

— Un flic timide ? On aura tout vu.

— Écoutez, voici l'affaire. J'ai deux fillettes, Lina et Inès. Leur mère est décédée il y a deux ans, hélas, d'une bronchite mal soignée…

— Que Dieu l'accueille en sa sainte miséricorde.

— Merci. D'habitude, Lina et Inès vont passer les vacances de printemps chez leur grand-mère, du côté de T'nine Ch'touka ; mais c'est en pleine cambrousse, et depuis hier elles me font des crises de larmes. Elles ne veulent plus y aller. Elles prétendent avoir peur des serpents et des scorpions, et puis il n'y a rien à faire là-bas, on peut les comprendre. Je ne peux pas les laisser se morfondre pendant une semaine dans mon petit appartement de Bernoussi, je n'ai personne à qui les confier et je ne peux pas moi-même prendre un congé. Alors j'ai pensé à vous. El Jadida, la plage, le port, les restaurants de poisson, les promenades en bord de mer… Je sais, c'est fou, on ne se connaît pas mais…

— Disons que je ne vous connais pas mais, soyons sérieux, ne me dites pas que vous n'avez pas épluché ma fiche des renseignements généraux ? À c't'heure, vous en savez plus long sur moi que moi-même. Avouez : vous savez que je suis l'arrière-petite-fille d'un fameux *caïd er-r'h'a* [1] ; que j'ai étudié à Bordeaux, en France ; que je ne suis pas mariée ; et que j'ai un diplôme d'infirmière ?

— Euh… ahem…

---

1. Le seigneur de la Meule – une sorte de duc ou de marquis.

— C'est bien ce que je pensais : vous avez lu ma fiche. Elle rassure, non ? Je ne suis pas Cruella de Vil, vous savez fort bien qu'on peut me faire confiance. Expédiez les mouflettes.

— Vraiment ? Oh, madame Louafi, j'appelle sur votre tête la bénédiction de Dieu…

— Trêve de salamalecs et n'appelez surtout rien sur ma tête, vous allez défaire mon chignon. Expédiez les mouflettes.

— Comment ?

— Vous allez à la gare de Casa-Oasis, vous mettez les gamines avec leurs petites valises dans le train en direction d'El Jadida et je les récupère à l'arrivée. Vous leur dites qu'elles vont passer une semaine à la mer avec Tati Jamila.

— Merci, Tati Jamila, je suis ému.

— Ému ou pas, vous m'appelez madame Louafi, brigadier. Tati Jamila, c'est pour les gosses.

— Merci, madame Louafi."

C'est ainsi qu'on vit une scène curieuse, deux jours plus tard, en gare d'El Jadida. Du train en provenance de Casablanca débarquèrent deux petites filles se tenant par la main, chacune serrant de l'autre main la poignée d'une petite valise rose. Une dame un peu enveloppée, se tenant sur le quai, criait dans son téléphone portable :

"C'est bon, brigadier, je les vois. Ce n'était pas la peine de m'appeler toutes les cinq minutes – elles n'étaient pas dans l'*Orient-Express* sous Atatürk. Au revoir, vos enfants sont entre de bonnes mains, allez courser les brigands et ne vous souciez plus de rien."

Tout le compartiment était venu remettre Lina et Inès à leur bienfaitrice, histoire de vérifier qu'on ne les livrait pas à un satyre cornu ou à une sorcière en manque de petites bonnes. Jamila était honorablement connue, ayant piqué la moitié de la ville en tant qu'infirmière, on lui confia les enfants...

Extraits de conversations téléphoniques entre le brigadier Tibari et ses deux fillettes :

La maison de Tati Jamila se trouve tout près de la plage.

Oui, c'est une villa, il y a un jardin.

Un grand jardin.

Et un chien très gentil.

La plage d'El Jadida est toujours pleine de monde.

J'ai une jolie serviette de plage, toute bleue, avec des poissons dessinés dessus. C'est celle que tu m'as achetée à Casablanca, la veille de notre départ pour El Jadida.

Inès et moi, on a passé beaucoup de temps à nous baigner, à ramasser des coquillages, à jouer au rami avec Tati Jamila.

Oui, on la remercie.

Le soleil était toujours "au rendez-vous" – Tati nous a appris cette expression.

À Sidi Bouzid, l'autre plage d'El Jadida, on peut chercher des crabes dans les flaques, à marée basse.

Non, ils ne pincent pas.

Je me suis fait des amies. Elles viennent toutes de Marrakech. C'est une grande ville dans une palmeraie, pas loin de la montagne. Un jour, j'irai leur rendre visite là-bas.

D'accord, on ira ensemble.

Tati Jamila nous a emmenées dans un restaurant “avec vue sur l'océan”. Nous avons mangé des pizzas.

Oui, on l'a remerciée.

Je sais jouer au volley.

Moi aussi.

Toi, tu n'as jamais touché la balle.

La mer est très froide à Sidi Bouzid. Nous préférons l'autre plage.

Tati Jamila nous lit des livres le soir.

Je ne sais pas. Des livres.

J'ai la peau qui pèle. C'est amusant.

Quelle crème ?

Nous avons passé une superbe semaine chez Tati Jamila.

Nous ne disposons pas de documents écrits relatifs à l'état d'esprit de Jamila au cours de cette semaine de vacances. Tout au plus disposons-nous d'indices, grâce aux RG. Elle sourit cent cinquante-sept fois ; rit aux éclats vingt-quatre fois, le plus souvent à la suite de remarques hilarantes de la petite Lina ; essuya trois fois une larme furtive ; chanta en chœur huit fois avec les gamines ; les borda sept fois dans leur lit ; discuta plus ou moins sérieusement une vingtaine de fois avec elles, le plus souvent au sujet de l'école ; et après les avoir remises dans le train en gare d'El Jadida pour les réexpédier à leur père galonné, après être rentrée chez elle dans une maison désormais bien vide et silencieuse, elle soupira à fendre l'âme et se tapota les yeux avec son mouchoir délicatement parfumé : ils étaient humides. »

Ahmed le mathématicien s'interrompit.
« Vous devinez la suite, amis ?
— Plus ou moins.
— Je raconte ?
— Vas-y, on veut les détails.

— Jamila venait souvent à Casablanca pour voir ses amies, pour faire ses courses dans les boutiques chics du centre-ville, pour flâner sur la corniche, pour acheter des livres. Après les vacances de Lina et d'Inès, elle ne manqua jamais de faire un crochet par Bernoussi pour voir les deux sœurs. Notez que jamais encore elle n'avait mis les pieds dans ce quartier casablancais qu'elle ne connaissait que par ouï-dire, comme vous et moi. Personne ne va jamais à Bernoussi sans raison impérieuse. On y trouve des milliers d'ateliers et d'usines mais, à part ça, c'est un endroit sans le moindre intérêt.

(— Il vient de citer Van Cleef, non ?)

— Parfois, elle les emmenait prendre une glace au Club des clubs, dont elle était membre.

— Évidemment.

— Ben oui, c'était quand même l'arrière-petite-fille du seigneur de la Meule. Quelques mois passèrent. Jamila dut se rendre à l'évidence : les deux petites faisaient maintenant partie de sa vie. Elle les aimait ; et elles l'adoraient ; elles lui sautaient au cou dès qu'elles la voyaient ; elles l'embrassaient à la faire fondre, eût-elle été faite de sucre. Tati Jamila voulait s'occuper de leur éducation, les mettre dans une école privée, pourquoi pas la Mission française, ou peut-être les Belges, leur faire donner des cours de musique, payer un appareil dentaire à l'une, des lunettes à l'autre, les sauver de la bigoterie ambiante à Bernoussi, les envoyer plus tard en Europe faire leurs études supérieures... Mais. »

Ahmed leva l'index, sentencieux.

« Il y a toujours un "mais", c'est peut-être là la définition de la condition humaine... »

Hamid l'interrompit :

« Samir et Terminator nous ont dit que l'un des traits les plus fondamentaux de la condition humaine, c'est qu'*on ne revient jamais sur ses pas.*

— Eh bien, en voici un autre, ce qui en fera deux : il y a toujours un "mais" dans les tribulations humaines ; ce qui n'est pas le cas des fourmis ou des musaraignes, qui n'ont pas le don de la néantisation. Mais, donc, Jamila se rendit compte que le seul moyen de garder les gamines quels que fussent les coups futurs du sort (par exemple, une marâtre genre Thénardier pouvait apparaître dans le tableau), c'était d'avoir un lien légal avec elles ; et la seule façon d'accomplir ce quasi-miracle, c'était d'épouser le brigadier.

— Boum !

— On la voyait arriver, celle-là.

— Hollywood va t'acheter le script.

— Après tout, il était veuf ; et pas mal fait de sa personne. Sportif, mince, il ne s'était pas laissé aller, comme la plupart des hommes après la quarantaine. Mais (derechef) il y avait un hic. Lui était un simple brigadier de police, elle était l'arrière-petite-fille du seigneur de la Meule ; il habitait à Bernoussi, dans un immeuble d'une effroyable banalité, conçu par un *mâalem* Bouchaïb inculte, elle possédait une jolie maison en bord de mer ; il lisait la page des sports du *Matin du Sahara*, elle dévorait Nothomb et Cyrulnik.

(— Drôle de cocktail.)

— Bref, c'eût été les épousailles de la carpe et du lapin. Elle consulta ses amies, qui lui déconseillèrent unanimement de mettre son plan à exécution.

— Les snobs !

— D'Anfa, toutes ; ou de Gauthier ; ou de Racing.

— Ce qui m'étonne dans cette affaire, c'est que personne ne songe à consulter le brigadier.

— Jamila jeta au vent mauvais les avis de ses amies et emmena Lina et Inès au Club des clubs manger une crêpe ; et elle leur demanda tout de go – au risque qu'elles s'étranglassent avec leur Nutella – si elles voulaient d'elle comme nouvelle maman – qui, bien sûr, ne remplacerait jamais... Elle n'eut pas le temps de finir sa phrase que son visage était entièrement nutellisé : les fillettes s'étaient jetées à son cou et l'embrassaient à qui mieux mieux.

— J'adore cette expression : *à qui mieux mieux*, murmura Nawfel.

— Je répète : quelqu'un songe-t-il à consulter le brigadier ?

— Les meilleurs complots s'ourdissent au Club des clubs. Jamila avait toujours pris soin de traiter les petites filles avec une certaine considération, sans les infantiliser…

— Mais *c'était* des enfants.

— On peut parler sérieusement avec des enfants. Elle leur expliqua donc que dans notre société, ce sont les hommes qui demandent les femmes en mariage, pas l'inverse. Il fallait donc garder le secret mais faire en sorte que leur père en vînt à faire, lui, le premier pas. C'est ainsi que le brigadier fut soumis à un siège implacable par sa progéniture. Pourquoi n'épouserait-il pas Tati Jamila ? La première fois que l'hypothèse fut émise, il en resta interloqué – ces petites diablesses avaient décidément vite grandi. Elles revinrent à la charge, sans trêve. Lui ne savait que dire. Comment expliquer à ces innocentes, qui ignoraient tout du monde, qu'un simple *brigadi* n'avait aucune chance d'épouser une bourgeoise ? Certes, ils étaient devenus, osons le mot, amis par-delà la barrière sociale, au gré des visites régulières qu'elle leur rendait ; certes, il n'était pas insensible à l'éclat de ses grands yeux noirs, au rebondi de ses formes, à certain grain de beauté flirtant avec la commissure de ses lèvres charnues ; mais qu'avait-il à lui offrir ? Une solde de policier, un appartement à Bernoussi…

(— Bernoussi !)

— Mais attends, elle n'était elle-même qu'infirmière, avec tout le respect que je dois à cette noble profession, protesta Jaâfar.

— Tu n'as rien compris. C'était surtout une rentière, une héritière… Les immenses terres du seigneur de la Meule, sur la route de Marrakech, étaient entrées dans le périmètre urbain et toute sa descendance était devenue *miglionaire*, comme on disait autrefois. Le métier d'infirmière, elle l'exerçait pour l'amour de l'humanité.

— Ah, c'est beau, ça.

— C'est pas dans Molière ?

— Bon, arrêtez de l'interrompre. Vas-y, Ahmed.

— Donc l'idée qu'il avait trouvée grotesque, au départ, commença petit à petit à prendre un aspect plus raisonnable. Il commença à rêver, la nuit, de la plantureuse *doukkalia* au grain de beauté mutin ; il s'envisagea d'icelle l'heureux mari ; quoi, quand le diable y serait, n'était-il pas un homme, après tout ? Il redoubla de pompes et d'haltérophilie à la salle de sport de la police, se fit une coupe de cheveux calquée sur celle de George Clooney – il montra la photo au coiffeur –, acheta de l'after-shave Mennen…

— Le bleu ou le vert ?

— … et fit l'acquisition de quelques belles chemises de contrebande, du côté de Derb Omar. Puis un jour, alors que Jamila était passée prendre les filles pour les emmener au zoo et que celles-ci étaient en train de se préparer dans l'autre pièce, il s'éclaircit la voix : “Ahem !” C’était un préambule. Elle comprit. Leurs yeux se rencontrèrent…

— Ah non, tu ne vas pas nous refaire le coup de Khaoula et de l’Américain, le topos de la scène de première vue, le coup de foudre…

— Mais non, il n’y eut pas de coup de foudre, imbécile. Je te rappelle qu’ils se connaissaient depuis le rond-point.

(— Drôle d’endroit pour une rencontre.)

— Il dit : “Ahem !” Leurs yeux se rencontrèrent. Il ajouta : “Hem !” Elle hocha la tête. “Et voilà…”, continua-t-il. “C’est d’accord”, conclut-elle. Les noces furent célébrées quelques mois plus tard. Il demanda sa mutation à El Jadida et l’obtint, vu qu’un haut gradé de la police fréquentait le Club des clubs. Il eut même une promotion et la petite famille recomposée s’installa dans la belle maison au bord de la mer. Tibari se révéla être un homme prévenant et placide, ce qui convenait parfaitement à Jamila. D’autre part, il était tout disposé à s’élever dans l’échelle sociale, et surtout à apprendre, à s’instruire… Elle fit petit à petit son éducation, en faisant celle des gamines. Je crois qu’il en est à Nothomb. Parviendra-t-il à Cyrulnik ? Les paris sont ouverts. »

Ahmed prit une gorgée de Youki ananas. Puis il conclut, sous les hourras du café ému jusqu’au tréfonds :

« Et quand on leur posait l’inévitable question, celle qu’on pose à tous les couples : “Où vous êtes-vous rencontrés ?”, Tibari répondait simplement :

“Sur un rond-point.”

Mais Jamila ajoutait, inspirée, profonde, sibylline comme si elle eût cité le dalaï-lama :

“Dans la vie, parfois, il faut savoir prendre les ronds-points à l’envers…” »

# 10

# Le taxi foudroyé

« À propos de rond-point, nous dit Jaâfar, vous connaissez celui qui se trouve en face de l'Institut français, à Casablanca ? »

Il ne s'était pas levé, lui, préférant la position assise pour s'adresser à son auditoire, comme un petit Bouddha boudiné.

« C'est çui qu'est p'us là ? »

Hamid avait interjeté ce pépiement.

« Exact. Il n'est plus là, à c't'heure, parce que l'Agence urbaine a eu la bonne idée de construire une trémie au beau milieu du boulevard Zerktouni et que, de ce fait, le flot des voitures s'écoule sous le rond-point – qui n'en est donc plus un. C'est la fonction qui fait l'organe, disait Lamarck, ôtez la fonction, l'organe disparaît – et donc le rond-point, qui n'a plus de raison d'être.

(— C'est d'la philosophie ?)

(— On en a soupé…)

— J'espère que ton histoire va quelque part, elle, dessus ou dessous l'évanescence des ouvrages d'art.

— Plus que tu ne le crois : elle n'est que mouvement, de part et d'autre, vitesse et accélération, écoulement continu…

(— Tu vas voir, il va citer Héraclite.)

(— Ah ouais… *panta rhei*…)

— Au fait, Jaâfar, au fait !

— Si vous me laissez continuer. Donc, je me trouvais ce jour-là à la hauteur de l'aujourd'hui défunt rond-point. J'avais passé quelques heures à lire dans la bibliothèque de l'Institut français, comme je le fais de temps à autre, je venais d'en sortir et il s'agissait maintenant d'aller aux Abattoirs…

— La lecture t'avait donné faim ? Un bon steak tartare…

— Imbécile. Les abattoirs n'existaient plus, pas plus que le rond-point…

(— Ça devient surréaliste. Il va d'un lieu qui a disparu à un autre qui n'est plus là. Il va bientôt nous dire qu'il y a déjeuné d'un œuf au plat sans l'œuf ni le plat.)

— … parce que la municipalité les avaient déménagés très loin de la ville. Ça commençait à faire désordre, cette boucherie en pleine ville, les carcasses, les rigoles de sang, les chevillards dégoulinant d'hémoglobine, les massacreurs munis de scies, de feuilles et de hachoirs, la triperie, la boyauterie… En banlieue, tout ça ! Restaient les murs, le bâtiment – un bel ensemble…

— … construit par Desmarest en 1912, modernisé par Prost en 1922…

— Bravo, Salim, tu sais vraiment tout. Je disais donc : un bel ensemble, qu'il eût été dommage de détruire. Une association culturelle les avait réquisitionnés, d'autor', et y organisait des expositions d'art, des happenings, des soirées musicales.

— Ah ouais, c'est vrai, on s'en souvient.

— J'y ai assisté à un concert de Nass El Ghiwane.

— L'endroit s'appelait maintenant les Abattoirs, avec un A majuscule... Il y avait là une reproduction du *Bœuf* de Rembrandt. Évidemment. »

Ali intervint :

« Cette artiste serbe dont je ne me souviens plus du nom – Marina quelque chose – avait projeté de s'y faire décapiter puis désosser par d'anciens bouchers nostalgiques de l'endroit. Le tout filmé, bien sûr.

— Quelle horreur !

— Le conseil municipal n'avait pas accordé son autorisation, parce que pour eux ce n'était pas de l'art – les béotiens !...

— ... et parce que les bouchers d'antan étaient maintenant perclus d'arthrite. Je m'en souviens.

— Elle n'a même pas eu son visa, la Serbe. »

Jaâfar commençait à s'énerver.

« Je peux continuer ?

— Ouais, vas-y, excuses.

— Donc, je lève le bras et un taxi rouge s'arrête à ma hauteur. Une Fiat 127, je ne l'oublierai jamais, vous allez voir pourquoi. Le taximan est un homme encore jeune, débonnaire...

(— Jamais compris ce que ça signifiait, ça. De bon air ? L'air de quoi ?)

— … souriant. Je m'assieds à côté de lui. Il démarre. Deux cents mètres plus loin, on est toujours sur le boulevard Zerktouni, il avise une jolie djellaba verte qui hisse haut la main et l'agite, dans un geste d'une rare élégance. Ça ne vous dérange pas si je la prends ? me demande-t-il pour le principe, alors qu'il est déjà en train de ralentir. Prenez, prenez, lui réponds-je.

Il fait halte, tous freins crissants, une portière s'ouvre et la djellaba verte monte derrière, sinueuse, agile comme une chatte. L'odeur suave d'un parfum vanillé se répand dans le taxi, *circule dans l'air et m'enfle la narine*, comme dit le poète. Le rétroviseur, sollicité, me renseigne obligeamment : il s'agit d'une jeune femme plutôt mignonne, nez retroussé et yeux noisette cernés de khôl, cheveux aile de corbeau – et qui m'a l'air assez délurée. Elle n'a pas l'intention d'aller loin : elle demande au taximan (appelons-le Abdelmoula, Moula pour les intimes) de la déposer au coin de la rue de l'Aisne…

— Ouais, ce n'est pas les confins.

— C'est juste à côté.

— Elle aurait pu y aller à pied.

— Et abîmer ses jolis escarpins ? Tu ne connais pas les Casablancaises. Bref, on s'arrête bientôt, elle donne de sa blanche main quelques dirhams à Moula et puis descend prestement, allant vers son destin, qui semble passer par cette mystérieuse rue de l'Aisne. Elle est partie depuis presque une minute, l'éphémère passagère, son parfum délicat s'est estompé, lorsque je me rends compte d'un fait curieux. Le temps s'est arrêté. Le véhicule ne bouge pas. Immobile, immuable... Je me tourne vers Travis...

— Abdelmoula...

— ... et me rends compte qu'il est comme hypnotisé. La bouche en o, l'œil fixe, on dirait qu'il a vu *ce que l'Homme a cru voir.* Je le réveille d'une bourrade : ho, on y va ? Il s'ébroue, me regarde comme s'il me découvrait là, immondice, bouse de vache incongrue ; puis me dit d'une voix de mortel touché par l'aile d'un ange : “Elle m'a fait un clin d'œil !”

(— Hé, hé, ça se corse.)

(— L'œillade fatale...)

(— Carmen entre en scène. *Toréador, prends garde à toi...*)

— D'abord, interloqué, je finis par lui dire : “Grand bien te fasse, Moumou mon ami ; maintenant, conduis-moi aux Abattoirs, où j'ai à faire.”

Il me considère comme si j'étais le benêt du siècle.

“Mais tu ne comprends pas, mon frère ? *Elle m'a fait un clin d'œil ! Elle m'a fait un clin d'œil !*

— Et alors ? Elle avait sans doute une poussière dans l'œil, avec tout le khôl l'environnant – ou peut-être était-ce un tic ? Aux Abattoirs !

— Quoi, quels Abattoirs ? Il n'en est pas question. Descends, ce taxi ne va pas plus loin. Le service est fini. On ferme. Oust ! Je vais la chercher et je vais la trouver, quitte à sonner à tous les portails de cette rue... (il allongea le cou)... cette rue de l'Aisne qui va changer ma vie...

— Tu te fous de moi, Moula ? (Je commençais à m'énerver.) Pas question de descendre. Tu vois le policier, là-bas, au rond-point ?"

(— C'était peut-être le brigadier Tibari.)

— "Si tu ne démarres pas à l'instant, je l'appelle et je fais un scandale. Tu vas perdre ta licence, l'ami. Tout ça pour une cligneuse d'yeux disparue (de l'Aisne) !"

Il changea d'attitude et se fit suppliant.

"Mon frère, comprends-moi. (Un temps.) Je viens de repeindre l'appartement de mon père, à Bernoussi."

(— De plus en plus surréaliste.)

— "Tu viens de repeindre l'appartement de ton père, dans ce quartier de Casablanca où nul ne va jamais ? C'est la nouvelle du siècle – dis donc, on a vite changé de sujet... Tu as choisi quelle couleur ? Rose bonbon, jaune canari ? Ou bien, soyons fous, terre d'ombre brûlée ? Bravo, belle action et vive l'amour filial. Allez, trêve de plaisanterie, aux Abattoirs ! Et en vitesse !

— Mais non, mon frère, entends-moi. J'ai un travail honorable, je suis en bonne santé, j'hériterai un jour d'un appartement repeint à neuf... Que me manque-t-il *pour compléter ma religion* ?"

(— Ah ouais, c'est ce qu'ils disent : "compléter ma religion" pour "me marier"...)

— "Hein, dis-moi, que me manque-t-il ? Une femme ! Une épouse que je retrouverais chaque soir, enveloppée d'une bonne odeur de tagine, lorsque fourbu je rentrerais d'une journée à transporter des mécréants comme toi dans ce foutu Casablanca."

(— Il l'insulte, carrément...)

— “Jusqu’ici, je pensais aller au village natal, à T’nine Ch’touka, dégotter une cousine ou la fille de voisins et en faire ma légitime. C’était mon horizon indépassable. Jamais je n’aurais pensé pouvoir installer dans mon appartement fraîchement repeint…”

(— Son appartement ? Ce n’était plus celui de son père ?)

(— Y a du parricide dans l’air.)

(— Œdipe à Bernoussi…)

— “… y installer une aussi jolie bourgeoise que cet ange qui m’a fait cet adorable clin d’œil. C’est donc que je ne suis pas trop mal pour elle, non ? J’ai le droit d’espérer… (Se rebellant.) Ne suis-je pas un homme malgré tout ? N’ai-je pas des muscles, une moustache, un… (Pleurard.) Dieu me l’a envoyée… C’est l’occasion rêvée, celle qui ne vient qu’une fois dans une vie… et tu es en train de me la gâcher ! Tu veux gâcher ma vie ? C’est ça, ton but sur Terre ? Tu ne serais pas le diable, par hasard ?

— Tu m’appelais ‘mon frère’ il y a cinq minutes et maintenant, je suis Belzébuth ? Écoute, Abdou, je ne veux intervenir en rien dans ton existence, encore moins dans tes amours, que je te souhaite belles et éternelles au cœur du féerique Bernoussi ; mais je refuse que ma vie, la mienne, soit bouleversée, fût-ce momentanément, par le clin d’œil d’une gourgandine…

— N’insulte pas ma femme !”

Je me fis conciliant.

“Soyons logiques : tu l’as embarquée boulevard Zerktouni et elle avait affaire rue de l’Aisne. C’est donc qu’elle habite dans le coin ou qu’elle y travaille. Tu n’as qu'à passer ici régulièrement et tu finiras par tomber sur elle, en djellaba verte, le bras levé, attendant un taxi... que dis-je : t'attendant, toi ! Nul autre que toi !"

Je ne sais pas si ce fut mon raisonnement qui le convainquit, ou bien s'il avait compris que je n'avais pas l'intention de descendre de sa guimbarde – le fait est qu'il démarra brusquement, s'inséra comme un furet dans le trafic dense du boulevard Zerktouni et se mit à foncer en direction des Abattoirs. Je n'aurais jamais cru qu'une Fiat 127 pût rouler à 200 kilomètres-heure – en tout cas, c'est l'impression que j'eus, accroché à mon siège, en proie à la panique. *Vrououououm*... Il manqua écraser une dizaine de piétons, il accrocha légèrement divers véhicules mais le fait est que nous arrivâmes sains et saufs aux Abattoirs. Là, il effectua un dérapage contrôlé digne de Steve McQueen, m'éjecta *pronto* du tacot puis repartit en direction de la rue de l'Aisne sans même recevoir le prix de la course : le gros lot l'attendait ailleurs. »

Jaâfar fit un signe au Maure et mima des lèvres – puis-je avoir un thé ? Le Maure acquiesça silencieusement. Notre ami reprit sa narration.

« Quelques jours plus tard, en sortant de nouveau de l'Institut français, je revis mon taxi. J'avais noté son numéro : 1729, un nombre sans intérêt...

— Pas du tout, l'interrompit Ahmed le mathématicien, c'est un nombre très intéressant : c'est le plus petit nombre égal à la somme de deux cubes de deux façons différentes.

— Mille excuses, j'avais oublié que tu étais dans le coin – sors de l'ombre, Ramanujan… Donc je revis mon taxi sur le boulevard Zerktouni et je fus surpris de l'allure à laquelle il roulait. Oublié, Steve McQueen, c'était plutôt ma vieille grand-mère qui était au volant. Je crois bien qu'il faisait du 20 à l'heure – 20 mètres à l'heure. Il se traînait comme une limace dépressive, à la grande fureur des automobilistes qui klaxonnaient derrière lui comme autant de sonneurs de cloches – c'est alors que je compris qu'Abdelmoula appliquait mon plan à la lettre, comme Khaoula avait suivi scrupuleusement la stratégie d'Élisabeth la bibliothécaire : il traquait la djellaba verte ! Il était en maraude mais c'en était un cas singulier : il était à la recherche d'un seul client, une cliente plutôt, qui avait présentement, pour lui, toute l'importance du monde – c'est qu'il avait repeint l'appartement de son père, voyez-vous ; et qu'il voulait *compléter sa religion.* »

Jaafar se tut un instant, rêveur.

« Ce qui suit est assez curieux. Vous voyez où se trouve l'église Notre-Dame-de-Lourdes ?

— Oui, on y va tous les jours rendre grâces au Seigneur.

— Ha, ha, très drôle. (Bande de mécréants.) Vous savez qu'elle se trouve sur le boulevard Zerktouni ? Quelqu'un, à l'Institut français, m'avait dit qu'on y trouvait de curieux vitraux. Je suis donc allé voir, un jour ; effectivement, ça vaut la visite : on y distingue des canards sauvages qui semblent caqueter à qui mieux mieux…

— J'aime bien cette expression, murmura Nawfel.

— … caqueter le bec ouvert, je me demande ce que ça a à voir avec Jésus, mais bon, il y a peut-être une parabole quelque part…

— Les enfants du Bon Dieu, les canards sauvages… ?

— Peu importe. Comme il faisait beau, je poussai plus loin, toujours sur le boulevard ; et je finis, c'était fatal, par arriver à la hauteur de la rue de l'Aisne. Ce qui était moins fatal, c'est que je heurtai – oh, légèrement – une jeune femme à la vanille qui en débouchait. »

Il jeta un coup d'œil ellipsoïdal.

« Vous avez deviné, amis ? Mais oui, c'était elle, la femme à la djellaba verte – anticipons : elle s'appelait Nora –, qui, d'ailleurs, en portait une jaune, de djellaba, ce jour-là. Nos yeux se rencontrèrent…

— Ah non, ça ne va pas recommencer.

— Tu ne vas pas nous ressortir le coup du coup de foudre…

— *La fuerza del destino* – j'adore dire quelques mots en italien, j'ai l'impression d'être à Milan, avec Robert De Niro.

— Qu'est-ce qu'il ficherait à Milan ? Il habite à New York.

— Puis on va découvrir que, présentement, Nora, c'est ta femme ?

— "Jaâfar et Nora", ça sonne bien…

— Pas aussi bien que "James et Nora", le couple sulfureux.

— Je ne savais pas que tu étais marié, Jaâfar. Tu la caches ? Tu l'enfermes à clé dans ton appartement, Nora ?

— Là, tu me déçois. Je te croyais plus évolué. »

Jaâfar tapa dans ses mains.

« Bon, la recréation est finie. On se concentre. Donc, petit choc entre la djellaba jaune et moi, je m'en excuse, gentleman jusqu'au bout des ongles, puis je la regarde mieux. N… de D… ! *C'était elle !*

— On le sait.

— Tu l'as dit il y a une minute.

— Pas la peine de l'annoncer comme si c'était le troisième secret de Fatima.

— Je m'exclame : “Miss, nous avons partagé un taxi il y a quelques semaines, vous en souvient-il ?” Elle me regarde attentivement, de ses beaux yeux noisette agrandis par le khôl, puis me répond d'une voix primesautière :

“Je m'en souviens, *oustad.*

— Savez-vous que vous avez causé un incident curieux, ce jour-là ?

— Moi ? Dieu m'en préserve. C'était quoi ?

— C'est une longue histoire. Je ne sais pas comment… Écoutez, vous voyez cette pizzeria, en face, qui porte le nom ridicule de Papa John's ?

— Papa John's, oui. Je la vois. Pas très italien, comme nom.

— Si on y allait grignoter quelque chose ? Je vous expliquerai.” »

Jaâfar se mit à rire.

« Je craignais qu'elle ne réagisse comme Ilham, la cousine de Hicham, l'œil sous le drap – *a'oudou billah,* moi, dans une pizzeria, avec un homme ? –, mais pas du tout : la délurée me fait oui de la tête, nous traversons le boulevard au péril de notre vie et nous voilà installés de part et d'autre d'une table minuscule. Je commence par lui demander son prénom. Nora.

"Et moi, c'est Jaâfar.

— Plus personne ne s'appelle Jaâfar.

— Ben si, y a au moins moi.

— Ça veut dire quoi, Jaâfar ?

— Ça signifie 'fleuve', je crois – enfin, flot, torrent, écoulement d'eau...

— Pas étonnant qu'il ait disparu, vot'prénom, me répondit-elle d'un ton décidé. Il ne pleut plus, *oustad.* Y a plus de fleuve. L'Oum-er-rbi', du côté d'Azemmour, et la Moulouya n'arrivent plus à la mer."

Après ces intéressants préliminaires, nous commandâmes des *quattro stagioni* et j'entrai dans le vif du sujet : *al-ghamza,* l'œillade ! Nora reconnut sans peine qu'elle en avait décoché une, de la plus belle eau, en sortant de la 127 / 1729. Je me mis alors à lui parler des désarrois du jeune Abdelmoula, "qui avait repeint l'appartement de son père", qui était à ç't'heure transi d'amour et qui parcourait le boulevard à la vitesse de la tortue, collectionnant les PV du brigadier Tibari, dans l'espoir de retrouver la belle inconnue qui lui avait envoyé ce message prometteur de délices futures et d'une félicité sans nuage...

C'est alors qu'elle tomba de sa chaise.

Réellement : elle tomba de sa chaise. Je connaissais l'expression, je n'avais jamais vu la chose.

Elle était prise d'une crise de fou rire. Le gérant – papa John ? – vint s'enquérir du problème, inquiet, rejetant d'avance toutes les accusations – ce n'était certainement pas sa pizza qui venait de tuer la dame, on n'était pas dans une vulgaire *mahlaba* avec ses *bocadillos* empoisonnés. Nora se releva, toujours hilare, et rassura le pizzaiolo, qui haussa les épaules ; puis, se tournant vers moi après s'être assise :

“Vous pensez que mon œillade était adressée au chauffeur de taxi ?

— C'est ce qu'il croit, en tout cas.

— Eh bien, pas du tout. Elle vous était adressée, à vous.” »

Le Café de l'Univers fut saisi de remous dignes d'un torrent après la pluie.

« Sapristi ! nom d'un chien ! sacrebleu ! etc.

— Celle-là, je ne m'y attendais pas !

— C'était toi qu'elle comptait aguicher ?

— Bigre ! bon sang ! fichtre ! etc.

— Raconte la suite.

— Je restai là comme deux ronds de flan, ahuri, à la fixer, et elle soutenait mon regard en souriant, plus dessalée que jamais. Puis :

“Mais ne vous faites pas d'illusions, cher monsieur : j'étais d'humeur badine, c'était juste pour m'amuser, un petit jeu innocent… Et puis, j'aimais bien votre profil, je ne vous voyais pas de face…

— Et là, vous êtes déçue ?

— Vous partez à la pêche aux compliments, *oustad* ? De face, vous n'êtes pas mal non plus.

— Vous habitez chez vos parents ?

— Ha, ha, très drôle. Arrêtez vos fadaises : vous êtes un peu boudiné et pas très grand : pas vraiment mon type. J'espère que je ne vous fais pas de la peine ? Cela dit, seriez-vous le sosie de Clint Eastwood que ça ne changerait rien. Je ne pensais pas vous revoir un jour. Je suis assistante médicale rue de l'Aisne – mais pas pour longtemps : je suis en train de faire mes papiers pour émigrer au Canada. Bye-bye, Casablanca ! (Elle se remit à rire.) À propos, vous m'avez dit que le taxi avait redécoré une garçonnière à Bernoussi ?

— Oui.

— Et vous me voyez vivre là-bas ? Personne ne va jamais à Bernoussi s'il n'y est pas obligé par un sort cruel. On y trouve des ateliers et des usines mais, à part ça, c'est un endroit sans le moindre intérêt."

— Ouais, on connaît la rengaine.

— "Bref, je vais payer pour les deux pizzas et les deux flans, je vous invite pour me faire pardonner l'œillade qui a causé tant de troubles. Et si vous passez un jour au Canada, faites-moi signe ?

— Le Canada, c'est dix millions de kilomètres carrés.

— Disons Montréal, alors. On s'y croisera par hasard, comme aujourd'hui. Et on ira au Papa John's local.

— Ôtez-moi d'un doute : vous habitez à Racine ?

— Non, à Gauthier."

Elle s'en alla. Je restai quelques minutes assis dans la pizzeria à me remettre de mes émotions. Que faire ? Devais-je aller arrêter le taxi 1729 sur le boulevard et dire la vérité à l'infortuné Abdelmoula ? Qu'auriez-vous fait à ma place ? »

Le Café de l'Univers se divisa sur cette grave question.

« Pour Kant, il faut toujours dire la vérité. Je serais allé voir Abdelmoula et je lui aurais expliqué le malentendu.

— Kant est un sombre crétin. Pourquoi blesser les gens, si on peut l'éviter ? Je n'aurais rien dit.

— Moi, je me serais posé une seule question : en quoi tout cela me regarde-t-il ? J'aurais fait une croix sur tous ces gens-là, Nora, le taxi... Il faut cultiver son jardin, pas celui des autres.

— Et toi, Jaâfar, qu'est-ce que tu as fait, finalement ?

— Eh bien, un panaché de tout cela. Je ne suis pas allé briser le cœur du chauffeur de taxi, ça non. J'ai eu la tentation d'essayer de revoir l'effrontée Nora aux jolis yeux noisette et au petit nez retroussé et je reconnais que j'ai parfois traîné mes guêtres du côté de la rue de l'Aisne dans l'espoir de la revoir, un peu par hasard ; et puis j'ai abandonné – je savais bien que je ne serais jamais de taille contre le Canada.

— Le Canada est invincible.

— Il n'a d'ailleurs jamais perdu une guerre.

— Chaque fois que j'allais à l'Institut français, je m'attardais à la sortie, cherchant des yeux le taxi 1729

– et puis un jour, je l'ai vu passer. Il allait très vite, louvoyant dans le trafic, suscitant klaxons irrités et interpellations diverses. Sur le siège passager se tenait, bien droite, une jeune femme à l'allure modeste, pour autant que je pouvais en juger, portant un fichu noir et une djellaba couleur puce – en somme, elle avait l'air de débarquer de T'nine Ch'touka. L'anti-Nora, pensai-je ; on l'imaginait bien, elle, trottant discrètement dans une rue de Bernoussi, sans dénigrer l'endroit, et préparant un bon tagine dans un deux-pièces récemment repeint. Je sus alors que l'incident était clos et que les choses étaient rentrées dans l'ordre : Abdelmoula avait *complété sa religion*, ou était en bonne voie de le faire. Où est mon verre de thé ? »

# 11

# L'homme qui gâchait tout

Je me levai. C'était mon tour.

*Nous y sommes*, comme disait Tex Willer.

« Je n'ai pas encore parlé, remarquai-je ; même pas une interjection ou une objection ; pas le moindre commentaire. Il y avait pourtant des choses à dire sur la bibliothécaire amatrice d'amerloques – j'ai cru reconnaître une lointaine cousine, présentement employée dans une librairie d'Orlando, détestant toujours autant les livres, mais assez satisfaite de sa vie à Delaney Park avec son mari *lawyer* et sa petite fille prénommée Ellen-Kharboucha. J'aurais pu objecter à la description de T'nine Ch'touka, où mon père est né ; je ne l'ai pas fait. L'anticommunisme larvé de l'histoire des gants de Mme She – qui ne sont même pas les siens, d'ailleurs – aurait pu susciter de ma part un reproche, moi qui fus dans ma jeunesse un fervent adepte de la pensée d'Enver Hoxha, avant de m'apercevoir que l'Albanais était plus nationaliste que marxiste-léniniste – mais bon, tout cela n'a plus aucune importance aujourd'hui ; et ici, encore moins.

Le taxi 1729 : j'aurais pu m'enquérir de ce détail qui me turlupine : comment une assistante médicale peut-elle se permettre d'habiter à Gauthier ? Et pourquoi la belle Nora veut-elle aller geler parmi les wapitis alors qu'elle semble avoir une belle situation rue de l'Aisne ? D'autre part, Bernoussi, ce quartier de Casablanca où j'ai vu le jour, a plusieurs fois été diffamé – ai-je protesté ? Je n'ai tarabusté personne, provoqué aucune interruption. C'est pourquoi je n'en souffrirai pas. »

Je bus une petite gorgée du lait d'amande qui se décolorait depuis des heures dans mon verre. Puis j'en versai un peu par terre pour le matou, à la grande fureur du Maure, qui allait devoir nettoyer ça.

« Je voudrais vous parler d'un destin particulier, celui d'Adil, natif de Zemamra, que j'ai souvent croisé dans mon enfance sur la plage d'El Jadida. Je l'ai perdu de vue mais j'ai réussi à reconstituer l'essentiel de sa vie si brève. Le don d'Adil…

(— C'est pas une pièce de Barillet et Grédy ?)

— Le don d'Adil tenait tout entier en ceci : il gâchait absolument tout ce qu'il entreprenait. »

Ils tendirent l'oreille. Voilà un début prometteur, pensèrent-ils. Je continuai :

« Enfant, Adil prenait une feuille de papier Canson et esquissait un petit dessin, ma foi assez réussi ; mais quand il s'agissait de mettre la touche finale, de parachever le chef-d'œuvre, il secouait la tête, empoignait son crayon et assénait de grands coups dans la feuille, comme s'il la poignardait, puis il la déchirait et allait pleurer un coup, dans le jardin. Ses parents, un pharmacien et une Russe, n'y comprenaient rien. Tout cela les désolait, mais qu'y faire ? Ils rachetaient, le cœur gros, des crayons et des rames de papier.

Sa mère, qui rêvait de Chopin et de Tchaïkovski, lui donna elle-même des cours de piano – on fit venir l'instrument de Casablanca à dos de mule…

(— Il exagère, Zemamra n'est pas dans la montagne.)

(— Y a des camions, quand même.)

(— C'est pour faire genre. Il veut vendre son histoire à Hollywood.)

— … il fit ses gammes, apprit à s'en servir correctement – il avait des dispositions, du côté maternel – mais finissait toujours l'exécution de n'importe quel morceau par de grands coups de poing portés avec fureur sur les touches blanches et noires, comme si Bach s'était soudain transformé en Goubaïdoulina. La belle Russe sanglotait. Elle n'y comprenait rien.

À l'école, il ne finissait jamais ses compositions – la maîtresse, qui avait appris à le connaître, le faisait pour lui, lui subtilisant son cahier avant qu'il n'y foutît le feu.

Le colonel Chebani, le fameux psychiatre, fut consulté à Rabat. Il diagnostiqua un trouble du comportement connu sous le nom de syndrome de Lafarge ou Laforgue, je ne sais plus.

(— Je suis sûr qu'il invente ces noms. C'est pas une maladie, ça.)

(— Ouais, c'est la condition humaine.)

(— Ah non, pas encore…)

(— Lafarge, c'est pas le ciment ?)

— Au collège puis au lycée, les professeurs, dûment mis au courant de l'étrange don d'Adil, en tenaient compte. Ils ramassaient des feuilles d'examen déchirées et jetées à la poubelle et leur attribuaient quand même une note. À l'oral, ils ne notaient que le début de ses tirades et négligeaient la crise de nerfs finale. D'échec paré en échec déguisé, il arriva en terminale, furieux. Il fit de son mieux pour échouer au bac mais comme on le donne à tout le monde aujourd'hui, il ne réussit même pas à échouer, ce qui le plongea dans une grande perplexité : échouer à échouer, est-ce un échec ou une victoire ? Au secours, Ludwig ! Il se fit une crampe au cerveau à essayer de comprendre ce qui lui était arrivé.

Ses parents, redoutant de l'envoyer en France ou dans la lointaine Russie, où ils n'auraient pu le surveiller, l'inscrivirent à la faculté de lettres d'El Jadida. Sa mère, quittant Zemamra sans regret, loua une grande villa du côté du parc Spiney et s'y installa avec lui. Le père potard les rejoignait parfois le soir et en tout cas chaque week-end. Zemamra, ce n'est pas très loin, au fond.

Adil grandit. Comme il était plutôt joli garçon, il se mit à la recherche de conquêtes féminines. Le samedi, il se levait tard, déjeunait copieusement puis allait s'enfermer dans la salle de bains.

Il prenait d'abord un long bain, se frictionnait avec des lotions coûteuses puis se rasait avec soin. Ses cheveux étaient encore emmaillotés dans une serviette ;

les cheveux, la grande affaire ! Ils étaient naturellement crépus, tenant plus des gènes doukkalis du père que de ceux, soyeux, de la Cosaque sa mère.

(— Il nous insulte ?)

— Il s'agissait de les démêler, de les coiffer, de leur donner une forme qui pouvait tenir jusqu'au petit matin. Il passait de longues minutes à jouer du sèche-cheveux, prenait chaque mèche, la tirait du bout des doigts, la maintenait bien droite puis faisait passer lentement le souffle chaud sur toute sa longueur. Il recommençait, mèche par mèche, jusqu'à ce que ses cheveux devinssent parfaitement lisses.

(— B… D… de bois, je commence à en avoir marre, de tous ces subjonctifs.)

— Puis il les enduisait de pommade, pour les faire briller. Et pour finir, il vaporisait de la laque sur sa coupe, pour la faire tenir.

(— On a besoin de tous ces détails ?)

(— On dirait *Le Figaro des figaros*.)

— Sa mère, la Russe perdula, avait déposé une chemise bien repassée sur son lit. Il enfilait la liquette et choisissait dans le placard un costume bien coupé. Il vérifiait que ses chaussures étaient bien cirées et il les mettait avec l'aide d'un chausse-pied. Il se regardait alors dans la glace, se souriait, puis s'épiait de profil. Il jouait le beau ténébreux – œil de velours, bouche impassible, une main dans la poche –, puis l'homme du monde – esquisse de sourire un peu blasé, léger hochement de la tête –, puis le maffioso – mâchoire crispée, regard lourd, *c'est moi qu'tu regardes ?* –, puis l'intello – celui-là, il ne savait pas très bien comment le jouer, alors il prenait un air un peu niais, tripotait des lunettes imaginaires et tirait la langue. Il était prêt à aller draguer. »

Au Café de l'Univers, les protestations, jusque-là *mezzo voce*, se firent audibles.

« Draguer ? À El Jadida ?

— C'est de la science-fiction.

— Draguer ? Où ça ? Chez le marchand de pépites ? Dans une *mahlaba* entre deux *bocadillos* empoisonnés ? Derrière la mosquée ?

— Mais non, bande d'idiots, il filait vers Casablanca. Comme il ne possédait pas de voiture, il allait en boîte avec son ami le fils Amiel, qui roulait en BM, un cadeau de son père. Les deux amis écumaient les boîtes de nuit de la Corniche, à la recherche d'aventures faciles. Ces endroits étaient propices à la drague car la musique y était assourdissante : on n'avait donc pas besoin de parler. Quelques gestes, un sourire, un déhanchement et l'affaire était dans le sac. Sauf que, pour lui, vu son syndrome de Laforgue, l'affaire sautait vite du sac, se faufilait dans la pénombre et allait se perdre on ne sait où. »

J'avalai une gorgée de lait d'amande. Puis :

« Par exemple, je me souviens d'une histoire que m'a racontée le fils Amiel. Adil et lui arrivent à La Notte, qui était à l'époque la boîte en vogue. Ils entrent tous deux, Amiel glisse un billet au videur – il connaît les usages – et Adil, qui a opté pour le style "beau ténébreux", va s'asseoir sur une banquette, le dos au mur, comme on l'apprend dans toutes les écoles où l'on forme les espions : il s'agit d'avoir une perception panoramique. Il perçoit donc, panoramiquement. *C'est alors qu'il la voit.*

(— J'adore ce genre de phrase.)

(— C'est mieux au passé : *c'est alors qu'il la vit.)*

(— Le suspense…)

— Il la vit. Dois-je la décrire ? Laissons le poète prendre son luth. Il dirait, le poète, des choses du genre : ô la finesse des traits, ô le sourire candide et pourtant ravageur, ô la silhouette à peine suggérée – on n'y voit goutte dans les boîtes – qu'on pressent féline si elle consentait à bouger ; ô la peau satinée et multicolore…

— Ô, ô, ô.

— Multicolore ?

— Oui, il y a ce truc, comment ça s'appelle ? La boule qui tourne…

— La boule de lumière disco ?

— La boule à facettes ?

— Oui, c'est ça ; et elle se reflète sur le visage de la belle ; d'où "multicolore". Vu ?

— Ah ouais, d'accord.

— Un frisson parcourut l'échine d'Adil…

— Bon, ça va, on a compris, raconte-nous juste la suite. Oublie le luth.

— Il se dirige vers la belle et l'entreprend. Elle n'est point farouche, bat des paupières, joue avec ses accroche-cœur, suçote sa petite médaille en or qui suggère à l'observateur distrait qu'elle s'appelle Allah. Il change de style, devient "homme du monde", "qui a vécu" (il avait la vingtaine), "qui a vu beaucoup d'individus, visité quelques nations, pris sa part d'entreprises diverses", etc. Elle est fascinée, surtout qu'elle ne comprend rien à ce qu'il débite. Cependant, un gus qui revient des toilettes, balourd et la vue basse, prétend que la donzelle est avec lui – que dis-je ? qu'elle est *à lui*. Elle, l'ingrate, nie ; ne le connaît pas ; ne l'a jamais vu – elle a certainement vu le loup, et avec le gus, mais Adil est là, maintenant, plus intéressant. C'est l'incident dit "plomatique". Le gus hausse le ton, Adil les épaules, ça se bouscule, ça s'invective, ça s'empoigne, le videur récemment stipendié vient à la rescousse, le gus vole dans l'espace comme un vulgaire Spoutnik et atterrit dans les confins kazakhs ; mais avant de disparaître, il a le temps de murmurer quelques mots dans l'oreille de notre héros.

— Quels mots ?

— Patience. Dieu *himself* ne nous dit pas tout de suite ce qu'il a glissé dans l'esgourde d'Adam [1]. Bref, Adil a gagné la partie, la môme se pâme, genre "tu m'as conquise, j't'adore", elle est prête à le suivre au bout du monde, ou au moins de la rue, où il y a l'hôtel le plus malfamé du pays ; et c'est là que notre héros gâche avec panache la situation. Soucieux, sombre, il rumine la phrase du gus ; et puis demande à la belle :

"C'est vrai qu't'es un mec ?"

*Parce que c'était ça ;* c'était ça que le gus dépossédé lui avait murmuré dans l'oreille. (Mais ce n'est pas ça que Dieu a susurré à Adam, c'est une autre histoire,

1. Cor., II, 37.

personne n'a jamais diffamé Ève.) La gourgandine ne comprend pas, d'abord. Qu'est-ce t'as dit ? Répète ? Il répète sa question, dans des langues diverses, avec des gestes explicites. Et il conclut :

"Tu es très joli(e) mais franchement, si t'es un mec, je ne suis pas intéressé."

L'autre, ayant enfin compris, lui répond par un crochet du gauche en pleine figure, puis un coup de genou dans le bas-ventre et un talon aiguille dans l'œil, ce qui ne fait que renforcer le doute qui étreint le bastonné : une frêle jeune femme serait-elle capable d'infliger une telle raclée à un homme ? Pourtant, c'était bien une pépée, particulièrement bien roulée, et Adil venait de gâcher spectaculairement l'occasion de devenir son meilleur ami. La pommette tuméfiée, l'appareil génital douloureux, l'œil au beurre noir, il rentra bredouille à El Jadida avec le fils Amiel. Était-il morose ou ravi ? À vous de décider. Il avait quand même magnifiquement réussi à gâcher les choses.

— Et le fils Amiel ?

— Quoi, qu'est-ce qu'il a, lui ?

— Il avait réussi à mettre le grappin sur une sirène ?

— Mais je n'en sais rien et je m'en fiche : c'est l'histoire d'Adil que je raconte, pas celle du fils Amiel.

— Ah ouais, d'accord. Excuses.

— À la fac, il se mit à prendre de la drogue, sans doute parce que c'est le moyen le plus sûr et le plus rapide de gâcher sa vie. Tout le monde le savait ; tout le monde, sauf sa mère et son géniteur, le pharmacien, aveuglé par l'amour paternel – il avait pourtant tous les symptômes sous les yeux.

Arriva l'examen de fin d'année. Adil y alla à vélo. À la hauteur du portail de la faculté, au lieu de tourner à droite et d'entrer, alors qu'il était déjà en retard pour l'épreuve, il décida soudain, fatale pulsion d'échec, de tourner à gauche et d'aller d'abord acheter un *bocadillo* dans une *mahlaba*. Il n'avait pas vu le camion qui arrivait à toute allure derrière lui. Le grincement des freins retentit dans tout le quartier mais c'était trop tard : Adil prit la masse du véhicule au niveau de la poitrine. Il mourut sur le coup ; on l'enterra le lendemain, à Zemamra. Toute la ville était là parce que le pharmacien son père était très apprécié. Les autorités locales elles-mêmes firent acte de présence. Le conseil municipal dépêcha quelques *tolbas*. Plusieurs commerçants avaient fermé boutique en signe de deuil. Sa mère, éplorée, dit en russe et en guise d'épitaphe :

"Il n'a pas réussi grand-chose mais il a eu un bel enterrement." »

Je finis d'une lampée mon lait d'amande et achevai ma narration :

« Parce que Dieu, qui fait bien les choses, s'est assuré de ceci : la dernière chose qui arrive sur Terre à l'homme est bien la seule qu'il lui soit rigoureusement impossible de gâcher : son propre enterrement. »

C'est alors que la discussion éclata.

« Son propre enterrement, cette expression n'a aucun sens. On met en terre un corps mais la personne n'est plus. Le pauvre Adil a cessé d'être au moment précis où le Berliet le heurta.

(— Comment sais-tu que c'était un Berliet ?)

— Mais non, une personne, c'est un corps et une âme. L'âme est immortelle, Adil était là lorsqu'on enterrait son cadavre.

(— C'est d'un sinistre…)

(— Je sors fumer une Favorite.)

— D'autre part, qui d'autre que Dieu est responsable de tous ces échecs ? Adil n'y est pour rien.

— Et que fais-tu du libre arbitre ?

— Ah, nous y voilà ! Vous vous souvenez du monologue de Théo le marionnettiste ?

— Libre arbitre, prédestination… La question la plus insoluble de toutes et on ne cesse d'en parler depuis des siècles.

— Tout ce temps perdu… »

# 12

# Épilogue

La discussion s'éternisait, Adil n'en finissait plus de mourir. Lassé de tout cela, je sortis titubant du café – ah, l'Univers, ah, l'humanité…

Qu'avions-nous donc appris, au terme de ces séances babillardes ?

Celui qui croit au ciel, celui qui n'y croit pas, fût-il chinois, nous ne sommes pas très différents, au fond… Un monde créé par un démiurge faillible est inconcevable, n'essayons même pas d'imaginer tout ça – *mais, monsieur, regardez le monde, et regardez votre pantalon…* L'Absolu ne peut pas avoir créé un monde qui a l'air d'être un bricolage… Il n'y a pas, au fond, de certitude absolue… La foi est ce qui permet à certains de supporter la vie, et on ne peut pas en dire plus – *je veux que mon jardinier ait la foi…* On ne peut sonder les âmes… On ne revient jamais sur ses pas – l'irréversible, la flèche du temps est la loi ultime… Il faut accepter toutes les facettes de ce que nous sommes… Il faut parfois prendre les ronds-points à l'envers, résister aux préjugés… Libre arbitre, prédestination, n'entrons pas dans cette querelle sans fin, sans objet…

Mais pourquoi est-il impossible de faire entendre cela à la plupart de mes compatriotes ?

Je me retournai et examinai attentivement, de l'extérieur, le Café de l'Univers, ce que je n'avais jamais fait jusqu'ici.

Il faisait nuit. Une sorte de lanterne jaune, insolite, rescapée de je ne sais quelles réjouissances nocturnes, éclairait sa devanture. Le trottoir, qui datait du Protectorat, balayé mille et une fois par des employés moroses, battu de myriades de semelles et d'oiseaux morts, cinglé d'averses autrefois, quand il pleuvait encore, avait pris maintenant une teinte mauve, un peu menaçante. Un arbre marron devenait pierre, lentement. Le ciel semé d'étoiles scintillantes, consommation des siècles et des éons, était bleu foncé. Mes mains étaient terre d'ombre.

« C'est étrange, c'est un tableau de nuit sans le noir, pensai-je ; puis : mais le noir n'est pas une couleur, c'est ce qui reste quand elles ne sont pas là. »

Absence d'absence… Cette idée m'angoissa. Dans l'obscurité, on pouvait bien prendre une couleur pour une autre, un lilas bleu pour un lilas rose, mais l'essentiel était dit pour qui savait entendre et toutes ces histoires que je venais d'ouïr, banales ou ébouriffantes, dressaient un tableau saisissant de l'énorme confusion dans laquelle se débattait notre pauvre pays, jamais sorti de toutes les prophéties, même les plus triviales, même les plus médiocres…

… dans laquelle se débattait cette société celant en son sein, sous l'apparence de prêtres, l'ignorance infuse et sa fadeur…

… dans laquelle se démènent ces hommes qui ne veulent pas voir qu'il ne sert à rien de jeter Dieu sur la table, ni même leur peau, qu'il ne faut y mettre que leurs intérêts bien compris, bien exprimés…

… et alors, que la fête commence !, et la discussion, et les tractations…

… parce que c'est ça, la vie, la vraie vie hors du temple, parce que c'est ça, la politique, la vie en commun.

À cette aune, hélas, n'ayant pas encore atteint cette station, loin de là, très loin de là, nous ne sommes pas sortis de l'auberge ; et encore moins du Café de l'Univers.

# Glossaire

*adoul* : notaire de droit musulman.

*a'oudou billah* : je m'en remets à Dieu, dans le sens *horresco referens.*

*darija* : langue parlée par la plupart des Marocains, improprement qualifiée de dialecte.

*doukkalia* : habitante des Doukkala, réputée maîtresse femme.

*l'ben* : babeurre obtenu à partir de lait cru fermenté spontanément.

*l'hamdoul'lah* : louanges à Dieu.

*mahdi* : dans la tradition musulmane, le *mahdi* viendra à la fin des temps pour instaurer la justice. Sa venue sera suivie de celle de l'Antéchrist, puis de Jésus.

*mahlaba* : laiterie où on vend aussi des sandwichs nommés *bocadillos*, parfois empoisonnés.

*oustad* : professeur ; terme poli pour s'adresser aux hommes (apparemment) éduqués.

*qamis* : longue tunique arrivant au-dessus des chevilles.

*tolbas* : hommes qui psalmodient le Coran lors de certaines cérémonies religieuses.

## Table

## DU MÊME AUTEUR *(suite)*

*Des Bédouins dans le polder*, essai, Zellige, 2011
*Le Drame linguistique marocain*, essai, Zellige, 2011
*Le Jour où j'ai déjeuné avec le diable*, chroniques, Zellige, 2012
*Du bon usage des djinns*, chroniques, Zellige, 2014
*Une lecture personnelle d'Averroès*, leçons, Éditions universitaires d'Avignon, 2014
*D'un pays sans frontières – Essais sur la littérature de l'exil*, Zellige, 2015
*Lumières marocaines*, livre d'art, Langages du Sud, 2018
*Dieu, les mathématiques, la folie*, essai, Robert Laffont, 2018

Cet ouvrage a été mis en pages par

<pixellence>

Imprimé en France par CPI
en décembre 2022

Dépôt légal : février 2023
N° d'édition : 438930-0
N° d'impression : 172575